鱼肥水美查干湖

年年有鱼
年年有余

李季 单军国 毕重明 ◎ 著

吉林科学技术出版社

图书在版编目（CIP）数据

年年有鱼，年年有余：鱼肥水美查干湖 / 李季，单军国，毕重明著. -- 长春：吉林科学技术出版社，2024.9

ISBN 978-7-5744-1269-9

Ⅰ. ①年… Ⅱ. ①李… ②单… ③毕… Ⅲ. ①纪实文学－中国－当代 Ⅳ. ①I25

中国国家版本馆CIP数据核字(2024)第080568号

年年有鱼，年年有余　鱼肥水美查干湖
NIANNIAN YOU YU, NIANNIAN YOU YU　YUFEI-SHUIMEI CHAGAN HU

著　　者	李　季　单军国　毕重明
文字整理	鞠少连
出 版 人	宛　霞
选题策划	端金香
责任编辑	汤　洁　张延明
封面设计	大摩设计事务所
制　　版	长春美印图文设计有限公司
幅面尺寸	185 mm × 250 mm
开　　本	16
字　　数	160千字
印　　张	11.25
版　　次	2024年9月第1版
印　　次	2024年9月第1次印刷
出　　版	吉林科学技术出版社
发　　行	吉林科学技术出版社
地　　址	长春市福祉大路5788号
邮　　编	130118
发行部电话/传真	0431-81629529　81629530　81629531　81629532　81629533　81629534
储运部电话	0431-86059116
编辑部电话	0431-81629380
印　　刷	吉林省吉广国际广告股份有限公司

书　　号	ISBN 978-7-5744-1269-9
定　　价	98.00元

版权所有　翻印必究

前　言

生态兴则文明兴。

党的十八大把生态文明建设纳入中国特色社会主义事业"五位一体"总体布局；党的十八届五中全会确立了创新、协调、绿色、开放、共享的新发展理念；党的十九大将"坚持人与自然和谐共生"作为新时代坚持和发展中国特色社会主义的十四条基本方略之一，并将建设美丽中国作为社会主义现代化强国目标之一；与此同时，"增强绿水青山就是金山银山的意识"正式写入党章，新发展理念、生态文明和建设美丽中国等内容写入宪法。随着这一系列新理念、新战略的提出，生态文明建设战略地位得到显著提升，生态文明建设和生态环境保护成为高质量发展的重要组成部分。一系列根本性、开创性、长远性工作使得生态环境质量得到了全面改善，生态文明建设取得了显著成效，生态环境保护发生历史性、转折性、全局性变化。

党的二十大报告再次明确了新时代我国生态文明建设的战略任务，总基调就是推动绿色发展，促进人与自然和谐共生。这意味着，进入新时代，生态文明建设既是我们党孜孜以求的实现人与自然和谐共生现代化的憧憬和梦想，也是我们党继在党的十八大首次将生态文明纳入"五位一体"中国特色社会主义总体布局之后，从全面推动美丽中国建设出发，所要实现的事关社会生产方式、发展方式、价值理念、制度体系全方位立体化全过程全地域绿色转型的"绿色革命"。

从"绿水青山就是金山银山"到"良好生态环境是最普惠的民生福祉"，从"生态优先，绿色发展"到"中国式现代化是人与自然和谐共生的现代化"，中华民族已走向生态文明新时代，人与自然已开启和谐共生新篇章。

全新的历史方位，全新的历史重任，生态文明建设成为新的赶考之路上的必答题。2018年9月26日，习近平总书记在视察查干湖时强调："保护生态和发展生态旅游相得益彰。"（据新华社）在构建以国内大循环为主体、国内国际双循环相互促进的新发展格局下，作为践行习近平生态文明思想的生动案例，吉林查干湖坚持绿水青山核心理念，在生态保护与生态文明建设中，推进人与自然的创新、协调、绿色、开放、共享，其生态的变迁与发展及其内含的时代精神传承、理念提升进步、现代化转型升级具有非常特殊的政治意义和极为典型的史料价值。

承当下之美，看历史，见未来。本书通过8章16个小节，从查干湖历史缘起和自然资源开始，记录从20世纪70年代至今近50年来查干湖生态变迁之路，特别是新时代查干湖生态文明建设的决策者和建设者们忠实践行习近平生态文明思想，主动践行"两山"理念，始终坚持生态优先、绿色发展，直面困难、敢于担当，以引松精神投入新时代查干湖高质量发展的新征程中，以50年生态环境保护和生态事业发展的巨大成功为底气，以生态文化为引领，以生态经济为重点，以生态环境为基础，以生态人居为追求，统筹推进山水林田湖草沙冰一体化保护和修复，不断提升查干湖生态系统稳定性、协调性，进一步增强自然生态功能、推进生态治理、拓展生态空间，高标准筑牢生态安全屏障。以久久为功的毅力推进环境污染防治，以攻城拔寨的决心抓好突出环境问题整改，以系统治理的思维加强生态保护修复，以破釜沉舟的勇气推动发展方式绿色转型。推动区域生态环境持续改善，探索和实践新时代生态文明建设实施路径，为祖国生态建设贡献了吉林方案。

目 录

第一章 神秘的白色圣湖

第一节 美丽神奇的查干淖尔 …………011

第二节 冬捕，千年渔猎部落的文化生息 …………026

第二章 草原上的人工大运河

第一节 "姑娘只嫁外地郎，农场满目光棍汉" …………056

第二节 造林治碱 引水救湖 …………059

第三章 八万双手拯救查干湖

第一节 工程破土，"全民皆兵" …………067

第二节 一个奇迹和一些名字 …………072

第四章 "我们终于引来了松花江水"

第一节 改革开放重启引松工程 …………085

第二节 前郭尔罗斯的创举：引松精神 …………089

第五章　从复活到复兴要走多少路

　　第一节　为了查干湖畔不再有枪声 …………102

　　第二节　最后的考验：三次大灾害 …………110

第六章　像保护眼睛一样保护自然和生态环境

　　第一节　大水面开发：让查干湖水美鱼肥 …………119

　　第二节　办"两节"：生态保护与生态旅游协同发展 …127

第七章　当一个城市有了绿水青山

　　第一节　在保护中开发，在开发中保护 …………141

　　第二节　绿色升级：从水面治理到景区开发 …………147

第八章　一定要守好查干湖这块金字招牌

　　第一节　生态核心，产业融合 …………169

　　第二节　"大查干湖"战略谋划高质量发展 …………173

后　记 …………179

第一章

神秘的白色圣湖
Shenmi de Baise Shenghu

查干湖，原名"查干泡""旱河"，蒙古语为"查干淖尔"，意为白色圣洁的湖，位于吉林省松原市前郭尔罗斯蒙古族自治县查干湖旅游经济开发区境内。

在吉林省西北部的前郭尔罗斯草原上，有一个神奇的湖泊，这里春有生机之光，夏有佳境之美，秋有诗画之绝，冬有冰雪之趣。每年都会吸引世界各地的游人来到这里，观大湖风光、赏冰湖腾鱼、品饕餮盛宴、悟文化璀璨！这里有最后的渔猎部落，可以目睹最原始捕鱼作业的全过程，这个神圣、神奇、神秘如明珠般镶嵌在草原上的湖泊就是中国十大淡水湖之一、吉林省最大内陆湖的北国之海——查干湖！

第一节　美丽神奇的查干淖尔

查干湖的地理位置特殊，位于内蒙古自治区、黑龙江省和吉林省的金三角地区，被长白山、大兴安岭、小兴安岭三山环抱，是东北平原之松嫩平原、科尔沁草原重叠处，也是松花江、嫩江、松花江南源三江交汇处。这让查干湖拥有了"三江"之磅礴，"三山"之灵秀。

查干湖湖岸线蜿蜒曲折，南北长37千米，东西宽17千米，周长128千米，总面积506平方千米，水面面积420平方千米，蓄水量约7亿立方米，湖水pH在8.5～8.9，平均水深2.5米，最深处6米。肥美的湖水养育一方水土，这里良田沃野，稻浪翻滚，果园飘香。草原上羊如白云，绿草如毡。

春天的查干湖格外辽阔，沉睡了一冬的湖水一旦醒来，就会着意地装扮起来，春草复绿，染碧了沿岸，花蕾绽开的枝头倒映在清幽幽的湖水里，像给硕大的查干湖缀上一件件闪光的首饰，这时候勤劳的渔民也把一叶叶扁舟摇向湖面。渔帆点点碧水扬波，看到这情景，也许你会不由自主地信口吟出写词能手柳永的佳词丽篇：

重湖叠巘清嘉，有三秋桂子，十里荷花。羌管弄晴，菱歌泛夜，嬉嬉钓叟莲娃。

查干湖夏季的湖光水色，吸引着旅游者接踵而至，络绎不绝。湖面上盛开的莲花，肥大的叶片遮一顷碧绿，睡莲羞羞答答地开放时，你可以顺手扯起一根菱角秧，那一颗颗菱角挂着水珠在阳光下闪闪烁烁，相映成趣。等到菱角成熟了，尽可以采来煮食，享受其甘美果实。这时候，顺便再采些鸡头米（芡实）串起来，当作门帘挂起，可真是绝妙无比。

查干湖的芦苇荡更是令游人留恋的绿色迷宫。

在号称"八百里瀚海"的松嫩平原上，查干湖芦苇荡之浩大堪称冠首了。漠漠大湖竟也被飘摇青云接天地的芦苇荡包围着，沿湖浩浩漫漫、洋洋洒洒、铺天盖地、一望无际。森森碧苇，翠氛溶溶。它们相抱成丛，相依相扶，护成一重重城池般的营垒。鬼斧神工的芦苇荡，为查干湖随意构造出一座天然的公园。当你摇起一条小船进入这芦苇荡里，芦苇为你织起一条条绿色的长廊。在这长廊里，可以听到各种鸟的鸣叫。查干湖的芦苇荡是各种动物的大乐园，小兽栖息，雁鸭筑巢。每到春天，无论南国是怎样的柳绿花红，都难以挽留北归的群鸟。它们千里迢迢飞回查干湖，在这里繁衍生息。

查干湖的雁鸭是两个庞大家族，飞起来遮天蔽日。它们像先锋队一样来到湖畔不久，其他飞禽也都归来了。这里有江鸥、翠鸟、灰鹤、鹭鸶等，还有国家重点保护的白鹳。还有一些爬行动物和哺乳动物，例如狐狸、山狼、黄鼠狼。查干湖芦苇丛中，正是它们栖身的场所。

秋日查干湖更是充满了北国的诗情画意。晚霞置湖中千万件五彩缤纷的绮缎，飘飘荡荡，无边无际。湖里红鲤子跳跃，白鲢穿梭，湖岸上秋苇摇曳。

冬日的查干湖银装素裹，更有一副冰雪世界的英姿。极目望去，封冻的查干湖似一块巨大碧玉，横卧在一片茫茫世界里，冰雪又雕塑出一个千姿百态的神话世界。这时候，最壮观、最繁忙的冬季捕鱼时节来到了。

人声潇潇车辚辚，千军万马打鱼人。马蹄踏碎千重雪，长鞭抽开碧玉门。

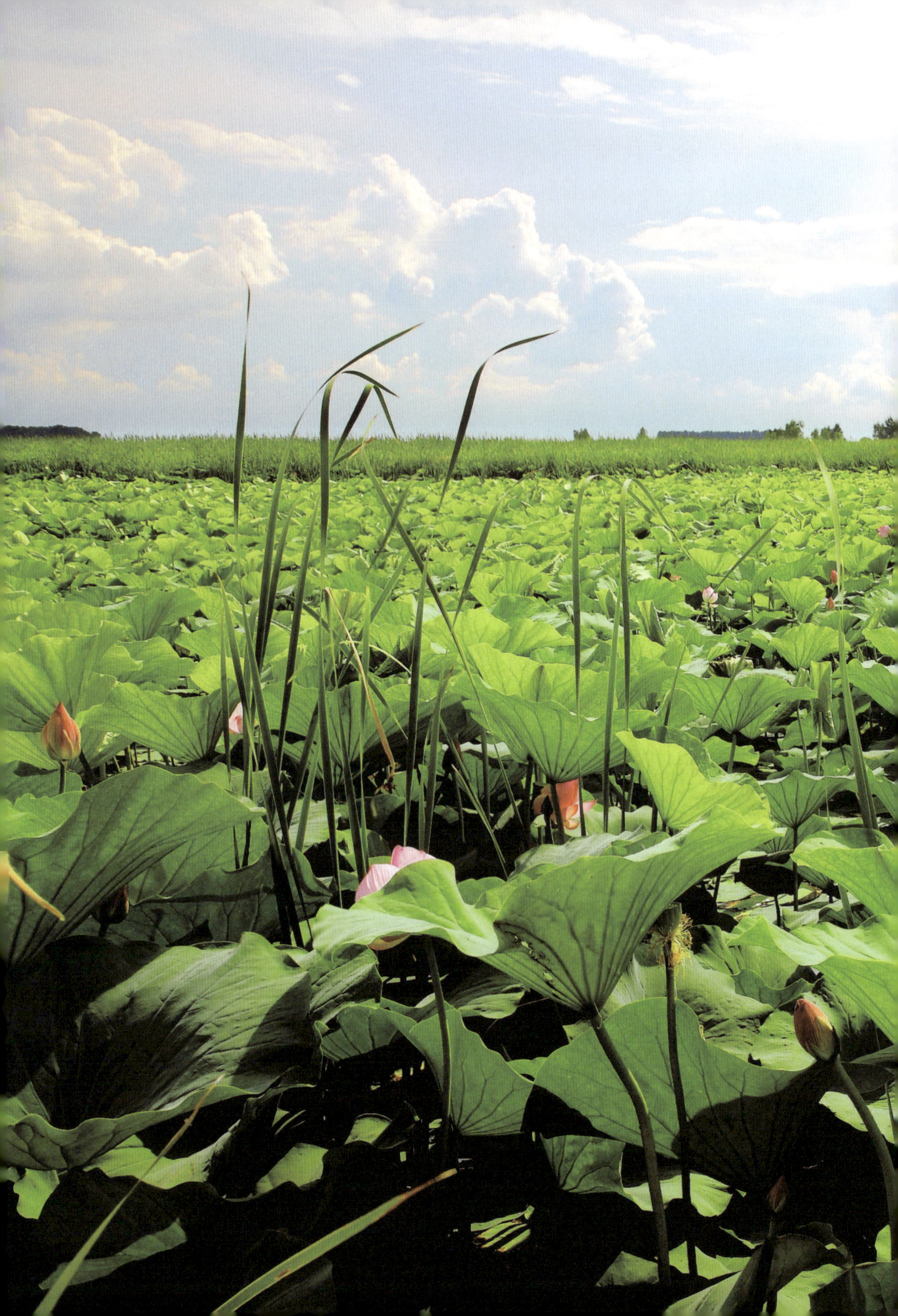

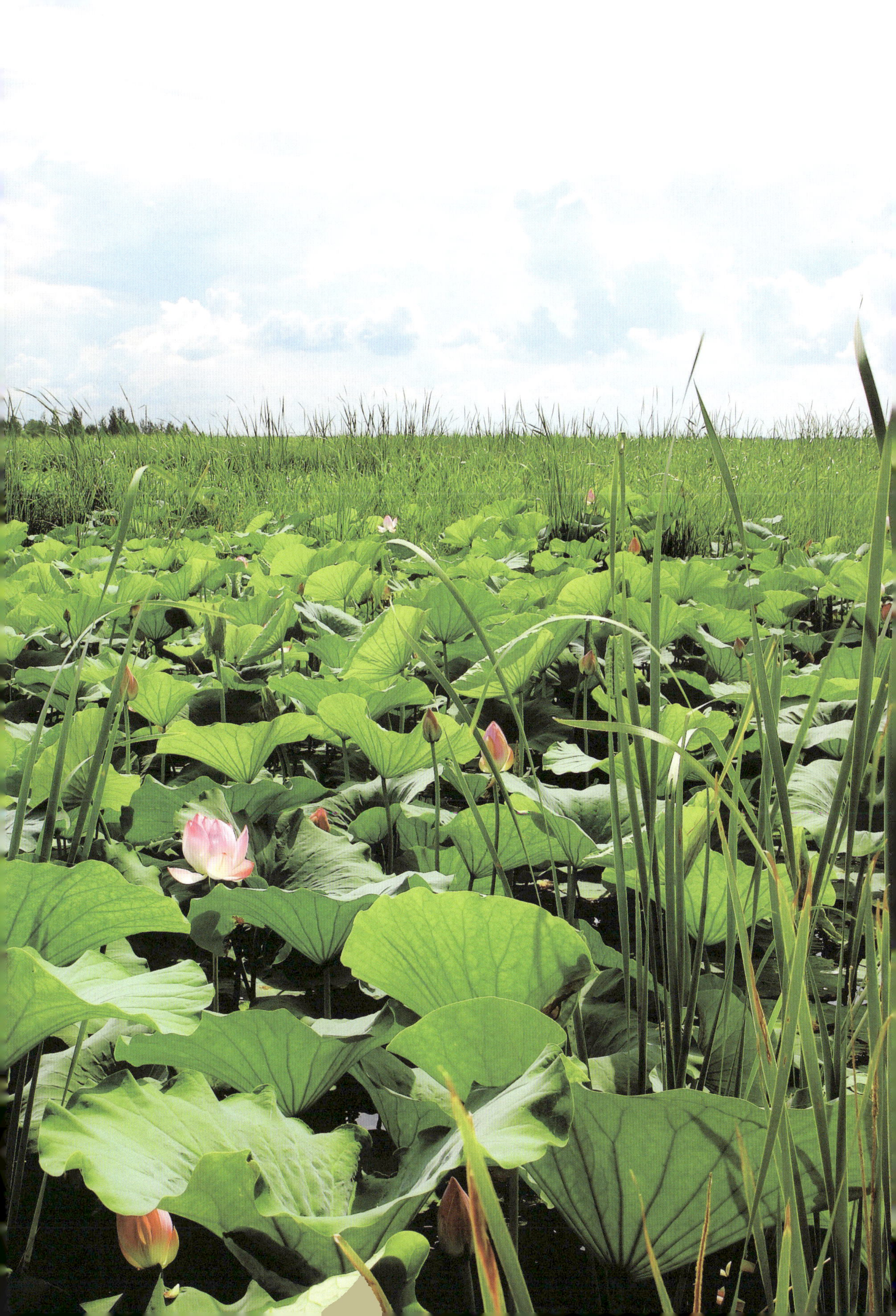

016　年年有鱼，年年有余　鱼肥水美查干湖

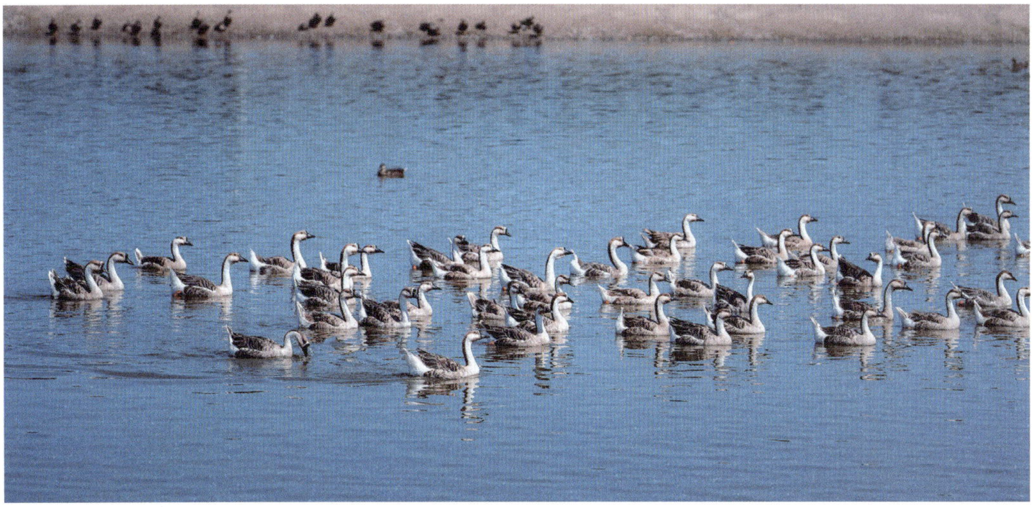

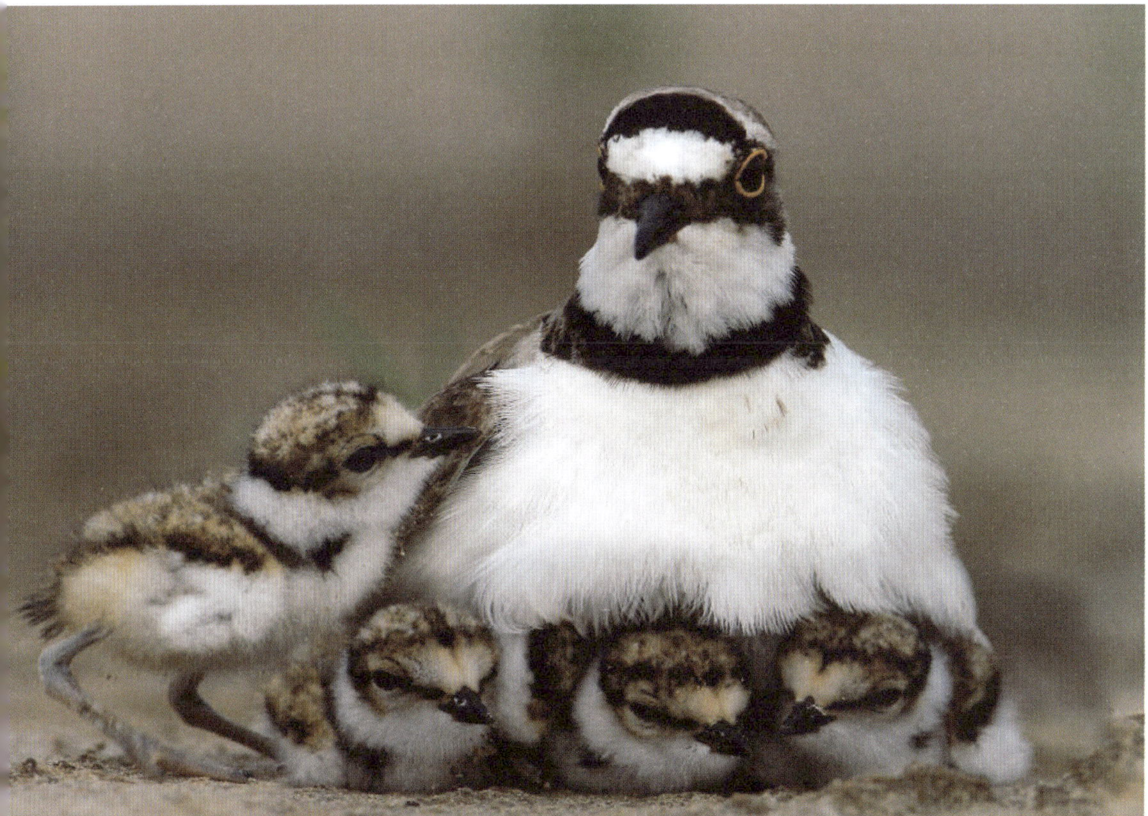

如此四季之美，若与查干湖水下的丰博和神秘相比，却相形见绌了。1960年6月，八郎乡青山头屯铁姓农民父子三人在查干湖边地扫碱。忽然湖水涌起，竟见两头像牛一样大的怪物在水中嬉戏，一会儿浮上水面，一会儿钻到水里。父子三人忙躲到一土岗坐下，半小时后，怪物消失。1969年8月，县水利部门一葛姓技术员领两个青年去查干湖测量。葛某把测量仪架到距湖400米远的开阔地带，两个青年在湖边立塔尺。测量中，忽见一个像船大小的黑怪物在水里翻滚，还发出像毛驴一样的叫声。1980年8月的一天夜里10时许，查干湖渔场两名值守人忽听波涛汹涌之声，闻声遂以光寻去，只见两只怪物，背上黑色，头似铁锅，有六七米长，还发出牛一样的吼声，20分钟后销声匿迹。1996年8月，参加中外医学交流活动的一行四人到湖区考察，当天午饭后，由当地领导陪同，到湖南岸山头时，距岸200米处突然掀起2米多高巨浪，两条黑背大鱼在水中翻滚，一会儿露出水面，一会儿下到水中，发出牛犊般的叫声。外国友人还拍了照。可惜，照片上只看到滚滚湖水和一条黑影，其他什么也看不清楚。

诸多异象并非玄虚，根据记载的情况和查干湖周边历史进行综合研究、分析，水中的怪物有两种可能。一种可能是鳇鱼，因为松嫩两江汇合处周边是鳇鱼最佳的活动区，所以清乾隆年间内务府派出为皇家捕鳇鱼的锡伯族渔民住在松嫩汇合处附近的前郭锡伯屯、扶余伯都、溪浪河、达户和肇源的莫格登锡伯，专为宫廷捕鳇鱼。另一种可能是牛鱼。《吉林通志》明确记载："达鲁河钓牛鱼。"这个达鲁河，就是指嫩江从大安月亮泡到前郭三岔河（三江口）的

一段水域。鳇鱼和牛鱼均生活在鄂霍次克海（鞑靼海峡）附近。它们夏季来江河产卵后，再回到海洋去。松嫩汇合处附近因三江汇合，水深、河宽、平缓，显然是天然的产卵地。因而鳇鱼、牛鱼大都到这一带产卵。只是小丰满建电站后，松花江下游三江口一带较之前"水瘦"，鳇鱼、牛鱼多不再来。关于鳇鱼，《吉林外纪》载康熙曾有诗赞鳇，诗云："更有巨尾压船头，载以牛车轮欲折，水寒冰结味益佳，远笑江南夸魴鲫。"另一部记载康熙东巡的《东陲纪闻》记载："鳇鱼多长七八尺，其最大者重数百斤。状似鲇鱼，通身无鳞，皮质黄色。"关于牛鱼，《王易燕北录》云："牛鱼嘴尖鳞硬，头有肥骨，重百斤。"《本草纲目》载："牛鱼生于东海，其头似牛，大者长丈余，重三百斤，其肉脂相间，食之味佳。"《山海经》云："其状如犁牛，其音如彘鸣。"查干湖所现之怪，因鳇鱼"通身无鳞，皮质黄色"与上述怪物有异，而"像牛一样大""背上黑色，头似铁锅""发出牛一样的吼声"，种种线索和史料或可断定，查干湖水下怪物当是"牛鱼"。

查干湖资源丰富，是吉林省的重点产鱼基地，通过"吉林一号"卫星影像图，可以清晰地看到查干湖的湖面轮廓宛若其特产——胖头鱼，可谓承天之祐，物华天宝。这里盛产鲤鱼、鲢鱼、鳙鱼等50余种鱼类，年可产鲜鱼6000吨，其中鳙鱼就是被俗称为"胖头鱼"的查干湖特产，被认证为有机食品和中国驰名商标。

查干湖保护区现有鸟类16目47科274种，有国家一级保护动物丹顶鹤、白头鹤、东方白鹳等9种，有国家二级保护动物黑脸琵鹭、灰鹤、雀鹰等35种，被称为"湿地骄子，鸟类天堂"。其是国家级内陆湿地和水域生态系统类型自然保护区，是吉林省最大的内陆湖泊和省级自然保护区，是吉林省著名的渔业生产基地、苇业生产基地和天然旅游胜地，也是吉林省西部生态经济区的核心区，在调节吉林省西部地区气候、维护生态环境等方面发挥着重要作用。

查干湖因水而生，原为嫩江古河道的一部分。因地壳运动、气候变迁、河流摆动、泥沙淤积等造成嫩江河道的摆动和改道，使得这里地势低平，河流落差甚微，河道蜿蜒曲折，加上地表有黏重的第四纪沉积物，透水性能很差，地表水既难排出又难下渗，因此形成大面积的湖泊及湿地，尤其在夏季的汛期，域内的河流、湖泊及滩地连成大面积内陆水域，形成以查干湖为主体的众多湖泊及湖泊型湿地。正是这些原因才让查干湖的湖底相对平坦，在冬季捕鱼作业时才会使用没有网底的"片网"，这也是查干湖冬捕的神奇所在！

查干湖因水而美，湖光水色，美不胜收。北景区茫茫水域的东北岸，6千米山岗绵延起伏，陡然峭立，从湖面仰望，形成高耸的山头，被当地人称为"青山头"。如今，青翠的青山头和美丽的查干湖，已经成为郭尔罗斯草原上一颗璀璨的明珠，吸引着八方游客。当你站在高高的青山头顶，尽可领略查干湖如诗如画的水光山色。远远望去，天水茫茫，碧波万顷，浩渺无涯，蔚为壮

观。湖面上银波粼粼，渔帆点点；湖岸边芦苇荡漾，百鸟啁啾；丛丛莲荷吐蕊，引来彩蝶翩翩；野鸭鹭鸶在水中嬉戏，白鹳天鹅在空中飞翔，湖鸥追逐着快艇飞驰划起白浪，鱼儿跳跃于浪花之中……一幕幕似江南水乡的美景，一幅幅北方泽国的画卷，把远方的游客从拥挤喧嚣的大都市中，一下带进了古朴纯真的大自然，产生无限的感受、无限的遐想。

青山头的北坡缓缓延伸，与东西的草地及南面山下的沼泽形成了肥田沃野。在原始的草原上，奔跑着獐、狍、野鹿，湖水中畅游着鱼、虾，沼泽地上空飞翔着鸭、雁、天鹅，青山头邻湖近水，背风向阳，是古人类理想的居

住栖息之地。

　　1981年和1982年，吉林省地震局和吉林省地质矿产局先后两次在青山头发现古人类的头盖骨和部分躯干化石，经碳-14测定，这些化石距今13000～7800年。1984年，吉林省文物考古研究所又在这里进行了科学发掘，获得人骨化石一具。同时，还发现有打制粗糙的石器和骨制、蚌制的装饰品。这具人骨经碳-14测定，距今约9000年（《放射性碳素测定年代报告》出自《考古》1987年7期）。1983年，在编写《前郭尔罗斯蒙古族自治县文物志》搞文物调查时，也曾在青山头发现打制的刮削器、石核、长石片和打制精细的柳叶形石箭头等，

同时还发现骨锥一件。采集到的陶片均为手制，火候低，内部掺有片状蚌壳粉，器形多为钵、罐一类。在地表下40~60厘米的土层中，发现红烧土、炭块及鱼骨、兽骨等遗物。

从青山头出土的古人类化石被古人类学家称为"青山头人"，也称"查干淖尔人"。以上资料表明，青山头早在13000余年前的旧石器时代晚期，就有古人类居住，一直到距今四五千年的新石器时代，人类仍然在这里繁衍生息。这是迄今为止在吉林省西部地区发现最早、延续时间最长的古人类。几千年后的今天，与查干湖一衣带水的青山头，两个自然村落的人们世居于此，他们至今依旧沿袭着查干淖尔文化习俗。

查干湖因水而名，因时代而名，因生态保护而名。1984年，一场以激活查干泡为目标的世纪工程倍受国家关注，时任国家水电部部长钱正英同志在得知工程陷入资金困境时，决定专项拨款500万元，重点支持历时8年的自然保护工程，完成清淤和配套设施建设，并建议：查干泡水域面积很大，且是资源丰富

的活水湖，在国内淡水湖中应占一席之地，应更名为"查干湖"！从此，祖国版图东北角镶嵌的这颗"草原明珠"开始熠熠生辉！这项时代工程就是著名的引松工程，查干湖和查干淖尔精神，在这幕人与自然和谐共生的历史序章中孕育而出并源远流长、历久弥新……

第二节　冬捕，千年渔猎部落的文化生息

穿越时空隧道，遥想远古时期那刀耕火种的年代，青山头人居住在半地穴式的房屋中，使用原始的石器、木棒狩猎，用打制的刮削器和长石片切割兽肉和兽皮，用粗糙的陶器烧煮食物，用采集的野果、种子和捕捞的鱼蚌来补充食物之不足，用骨锥和尖状器缝制原始的皮衣以抵御寒冷……在同大自然的斗争中，也其乐融融。男人的头上或脖子上，女人的胸前和耳朵上，戴着骨制、石制或蚌制的装饰品，过着原始社会氏族部落的生活。在这得天独厚的查干湖畔，追獐逐鹿，捕鱼捞虾，男猎女耕，采集野果，用原始的生产工具，不屈不挠地开拓着人类发展之路，创造着原始文化和古代文明。

青山头位于嫩江下游右岸约16千米处，从它周围的地理环境和采集的遗物看，查干淖尔的先人在长期的生产生活中，积累了丰富的制造石器、烧造陶器的经验，与黑龙江省昂昂溪地区出土的遗物十分相似，深受昂昂溪文化影响。更为重要的是，当时的人们从事着以渔猎为主的生产活动，从而佐证了查干湖渔猎文化的久远。

查干淖尔人使用原始的石器、木棒狩猎捉鱼，用石片剥离兽皮，切割兽肉，用粗陶烧煮食物，用骨器缝制原始的皮衣，他们在同大自然的搏斗中，开拓着这里的人类发展之路，创造着查干淖尔的原始文化和古代文明，是中华民族灿烂古文化的重要拼图。

查干淖尔人在这山清水秀的地方繁衍生息，查干湖流淌万年，滋养着湖畔的万物生灵。查干湖水土肥沃，水草繁盛，自古以来就是野鸭、大雁、天鹅、鱼类群聚栖息繁育之所，因此吸引了众多以渔猎为生的少数民族聚居于此，

繁衍生息。契丹、女真虽已建国为辽、金，人们逐步由渔猎经济向农业生产发展，但其统治者皇帝贵族仍留恋旧俗，每年都要到固定的地方去渔钓、避暑、狩猎，并在这些地方设有行宫，在行宫中接见大宋使臣，商谈国家大事，会见部落首领，这种活动在契丹语中被称为"捺钵"，女真语中被称为"刺钵"。

查干湖在宋辽时称为"大水泊"。在《辽史》记载中,辽代皇帝圣宗、兴宗、道宗、天祚帝等,每年春天都到此地巡幸、渔猎。他们带着文武百官、后宫嫔妃、应役人等,正月从当时的上京城临潢府(今内蒙古巴林左旗林东镇附近)出发,大队人马浩浩荡荡,大约行走60天来到这里。当时是二月方尽,冰雪未化,皇帝大臣们率领侍从、兵士等"卓帐冰上,凿冰取鱼",当钓得第一条大鱼时,皇帝要举办头鱼宴,宴请百官。等冰雪融化后,野鸭、大雁、天鹅等从南方飞来,皇帝则开始驾鹰鹘捕鹅。"晨出暮归,从事弋猎。"《辽史·营卫志》记载,皇帝捕天鹅时,自己擎着海东青,周围士兵都穿着黑色或绿色的衣服,在有天鹅栖息的地方每五七步站一人,围成大猎场,以举旗为号,周围敲起扁鼓,将天鹅惊起,然后由皇帝放出海东青捕捉。天鹅坠地后,附近的侍从用刺鹅锥将天鹅刺死,拿出天鹅脑喂鹰,拔下天鹅毛插在头上以娱乐,将天鹅献给皇帝。当第一次猎得天鹅时,皇帝要设头鹅宴以示庆贺,宴请百官。在宴席上边畅饮，边歌舞，君臣共乐。此时，在附近千里以内的各女真部落酋长，都被邀请到此，参加皇帝的头鱼宴和头鹅宴，以示安抚。如有宋朝、高丽等国使者，也都邀聚于此，边宴乐，边处理国家要事。宋人所著《梦溪笔谈》记载：宋庆历年间，宋朝王君贶出使契丹，辽兴宗皇帝在混融江宴请君贶，并观钓鱼。饮酒中兴宗皇帝对王君贶说，"南北修好岁久，恨不得亲见南朝皇帝兄，托卿为传一杯酒到南朝。"乃自起酌酒，容甚恭，亲授君贶举杯。又自鼓琵琶，上南朝皇帝千万岁寿。其他有记载的宋朝使者如张传、张士禹、程琳、丁保衡、张保维、孙继业、孔道辅、马崇至、韩琦、王从益等，都先后来过这一带，或观钓鱼捕鹅，或赋诗宴乐。

根据上述各种史料描述，《辽史》中记载的"皇帝正月上旬起牙帐，约六十日方至。天鹅未至，卓帐冰上，凿冰取鱼，冰泮，乃纵鹰鹘捕鹅雁。晨出暮归，从事弋猎……春尽乃还"，说的就是"春捺钵"。

较为通俗地说，"春捺钵"的主要活动是凿冰钩鱼和捕鹅猎雁。钩鱼时，在冰面上搭起帐篷，凿开四个冰眼，中间的冰眼凿透用以钩鱼，外围三个冰眼用以观察不需凿透。"鱼虽水中之物，若久闭于冰，遇可出水之处，亦必伸首吐气，故透水一眼，必可以致鱼。"鱼群将要到时，皇帝必亲自前来用绳钩掷鱼。鱼被钩击中后负伤带绳游走，先放松绳子任其去，等鱼挣扎得没劲儿了，再扯绳子把鱼拽上来。钩得的第一条鱼谓之"头鱼"（以鳇鱼、鲟鱼和胖头鱼为主）。得头鱼后，皇帝要举行头鱼宴，置酒备菜，颂歌跳舞，致欢不散，一醉方休。

辽金时期的凿冰捕鱼法也传至后人，沿用至今。每年查干湖冬季的冰雪渔猎文化旅游节中就有头鱼拍卖环节，这也是从春捺钵借鉴而来的。

长风浩荡，地牧白云。在历史的彼岸与此岸之间，捺钵是先人留给郭尔罗斯大地上的一朵奇葩。如今，当我们屹立在静静坦卧于平畴沃壤间的塔虎城

上，遥望青纱林立着的牧野，在浩叹时光如白驹过隙的同时，依然不乏一种历史的无限遐想：暮霭里，依稀可以目睹到当年辽帝端坐于金銮殿上，春女如花，群臣拱俸，剑烁寒光，酒酣曼舞，接见北宋、高丽使臣，召见各部首长、首领时的盛大场面；炊烟袅袅中，依稀可以构想出耶律与完颜在古城下炮矢相见，舟车逶迤，逐鹿大野，春风如梳，秋歌似浪……

查干湖周边，至今仍留有包括塔虎城在内的很多辽金时期古遗址。查干湖东北的辽金古城——塔虎城，是国家重点文物保护单位，是目前吉林省内规模较大、保存比较完好的辽金古城之一。

塔虎城多年来出土了丰富的辽金文物。从生活用品到生产工具，从建筑物件到装饰品，从兵器到货币，还有宗教器物等，应有尽有，如陶器、石器、瓷器、铜器、铁器、玉器等等。既有辽金两代契丹、女真族本地劳动人民生产的器具，也有来自中原地区宋朝的比较先进的物品，充分反映出塔虎城当年的繁荣昌盛。它不但是辽金两代的军事重镇，同时也是辽金两代的经济、文化活动中心之一。

《辽史·本纪》载，辽道宗咸雍八年（1072年）三月，"春、泰、宁江三州三千余人，愿为僧尼，受具足戒"，"一岁而饭僧三十六万，一日而祝发三千"。春州即长春州。从古城中出土的许多佛教器物如佛像、塔砖、风铃等，也都说明辽代佛教的兴盛。从古城中出土的大量建筑构件（如砖、瓦、瓦当、螭首、鸱尾、勾滴、釉瓦等）中，人们不难想象当年塔虎城宫殿高耸、楼阁林立、市井繁华的景象。

2000年，吉林省文物考古研究所在此城发掘时勘探到，城中有纵横九条街道，旁边店铺、作坊无数。在古城中出土的生产工具有犁、铧、斧、铡刀、石磨等，说明当时塔虎城及其周边地区的农业已经发展到相当水平。出土的大量种类繁多的铜镜及其精美的装饰，反映出辽金时期铸造业的发达和手工艺水平

的先进。

查干湖之谓"白色圣湖"源于成吉思汗。相传1211年，成吉思汗来到科尔沁草原征服金国的时候，在大水泊（查干湖）边焚香祭拜，从此查干湖就被传扬为"圣湖"。直到现在，查干湖每年阴历十一月都要举行传统、神奇的"祭湖醒网"仪式，一方面是对查干湖的敬重，另一方面是祈求部族兴旺发达，获得丰收。

第一章　神秘的白色圣湖　033

034　年年有鱼，年年有余　鱼肥水美查干湖

祭湖仪式是这样的：成吉思汗率领九翼铁骑，在晨曦时分，来到位于查干湖北岸的青山头台地。在苏鲁锭（战神的象征）的引领下，族人首领与众人一道手托九九礼，神情肃穆地缓缓步行至查干湖畔，先将一块白毡铺在祭台上，接着依次将九个牛头、九只全羊、九坛奶酒、九碗醍醐、九束檀香、九条哈达、九枝青松、九盏圣灯分别摆放在祭台上，然后亲自用火镰点燃檀香，升起九堆圣火。九个犄角朝上的牛头，代表着庄严与雄威；九只肥腴鲜美的全羊，预示着九方的富足；九坛醇香甘甜的奶酒，象征着圣洁的心地；九碗灌醒大脑的醍醐，昭示着超众的智慧；九束芬芳缭绕的檀香，表达着虔诚的信仰；九条至高无上的哈达，显示着无比崇高的敬意；九枝碧绿繁茂的青松，代表着坚定不移的灵魂；九盏点燃的圣灯，代表团结一心的信念。

在九堆冲天圣火的噼啪声中，族人首领带领九翼将士，挂其带于颈，悬其冠于腕，站在祭台前，面对查干湖，以手抚膺，对日九跪，对湖九拜，齐声高诵《查干湖祭词》：

查干湖啊，苍天的宝镜，查干湖啊，大地的眼睛，所有的生灵，所有的生命，都聚在你智慧的怀中。查干湖啊，圣洁的标记，查干湖啊，母亲的象征，所有的先民，所有的民众，都握在你庇护的手中。

献上九九礼呀，献上一个心诚。湖上层层浪花，跳动八方精灵。插上九炷檀香，插上九枝青松；献上九条哈达，九九肥羊为供。

众人神情庄重地齐声念毕《查干湖祭词》后，接着将芳香的奶酒洒进查干湖，意为让芳香的奶酒与一望无际的查干湖永久融为一体。

随后，族人首领走上帐车，面向全军将士朗声道："我们蒙古人自古就有祭拜山水的习俗，那是天神腾格里赋予我们的职责。我们蒙古人，把祭祀山水看得最神圣！"言毕，将令剑在空中一指，数万蒙古铁骑告别查干湖，在苏鲁锭的引导下，带着雄风与豪气，迎着冉冉上升的太阳，继续向前推进！（部分内容出自《查干湖纪事》）

如今，查干湖每年冬捕前都要举行祭湖醒网仪式，祭祀天父、地母、湖神，保佑万物生灵永续繁衍，百姓生活吉祥安康。祭湖醒网仪式的场面非常壮观，而且还略带几分神秘与神奇。随着身穿蒙古袍，络腮虬髯的主持人发出"祭湖醒网仪式开始"的喊声，震天的锣鼓、轰鸣的法号骤然响起，身着紫红色僧袍，肩披红色袈裟，头戴僧帽，手持法铃和奔巴（圣水瓶）的喇嘛吹奏着海螺、牛角号，围绕摆放着供品和点燃檀香的供桌、挂满哈达插满松柏枝的敖包和熊熊燃烧的炭火转三圈后，合掌站立在供桌前诵经；身着传统查玛服，头戴鹿、牛、蝴蝶、骷髅等面具，手舞刀、叉、剑等道具，打旗幡、罗、伞的舞者，伴鼓乐跳着传统的查玛舞；身穿白茬羊皮袄，脚穿皮靰鞡，腰系宽板皮带的渔工和身系彩条，头挂串铃的高头大马拉着装满冬捕渔具的爬犁威武地进入仪式场地。当渔把头宣布"请喇嘛诵祭祀经文"时，喇嘛手中摇动法铃，将奔巴中的圣水向空中弹洒并齐声诵念祭祀天父、地母、湖神的经文。渔把头左手端起盛满醇香奶酒的大木碗，面对苍天圣湖高声诵祭湖词，随后双膝跪在冰面上，用右手中指蘸酒分别弹向天空、地面，然后将碗中的酒倒入湖面凿出的冰洞。众喇嘛也边诵经文，边将供桌上的供品抛入冰洞。渔把头从蒙古族少女手中接过哈达，系绕在插满松柏枝的敖包上，蒙古族青年欢跳着，将手中的糖果抛向人群，将桶里的牛奶洒向天空、地面。此时，鼓乐大震，法号长鸣，充满民族特色的查玛舞把祭湖醒网仪式推向高潮。

之后，还要为进湖开网的渔工献上奶干、炒米饱肚，用大碗敬上壮行酒。吃喝完毕，众渔工飞身跃上马拉爬犁，大老板长鞭一甩，马拉爬犁在喇嘛的诵经声中，在喧闹的鼓乐声和炸响的鞭炮声中，在查玛舞的跳动中，溅起层层积雪，向湖中急驰而去。到达冬捕作业点，渔工们按照渔把头选择的地点，开始在湖面凿冰破洞，然后串杆下网，张张数千米长的大网相距百余米一字排开。几个小时后，随着马拉绞盘的转动，一张张大网从玉门似的冰洞缓缓而出，两

旁的渔民手持挠钩，期待着万尾鲜鱼出玉门的壮观场面。一会儿的工夫，一条又一条的鳙鱼（胖头鱼）、鲤鱼、鲫鱼、鲶鱼、草鱼争相跃出冰洞，转眼之间就在湖面上码起一个个高高的鱼垛。悠扬的马头琴拉响了，拉出了查干湖连年有余的喜庆；欢畅的盅碗舞跳起来了，跳出了查干湖永世昌盛的希冀。聚纳四海紫光灵气的查干湖之冬，神奇、神秘、神圣的冬捕，宛如月宫的嫦娥，含情脉脉地掀起金红的盖头，舞动碧蓝的彩裙，以北国特有的神韵，从雪原的牧歌中走来，又向着马背民族特有的风情奔去。（部分内容出自《查干湖渔场志》）

这千百年来沿袭下来的、带有传统宗教色彩的祭湖醒网仪式流传至今，所表达的是湖区百姓对美好生活的祝愿，对大自然恩惠的感激，也是成吉思汗的后人们精心打造的民族旅游特色文化。

如今，祭湖醒网仪式由查干湖边上的妙因寺喇嘛来主持，他们咏诵经文，祷告水神保佑渔夫们的安全，而其实是提醒打鱼人一定要团结，一定要集体行动。他们叨念着"水神"的名字,手举皮鼓,虔诚地翻动着经书,然后围着敖包奔走,接着举行大型的"跳鬼"("跳鬼"就是跳查玛舞)。

查玛舞是查干湖冬季捕鱼节中的古老的民俗事项。表演者都戴面具,通过那些做成动植物形态的面具,去讲述人类远古时期各类动植物神灵战胜邪恶,祈求平安的故事。音乐采用原始的古朴苍凉的乐调,配以咚咚大鼓击打,让表演者以鲜明简洁的动作去述说情节。这样,音乐和舞蹈都不烦琐,给人以清楚而新鲜的深刻烙印,反映出原始文化的特色。查玛舞舞蹈语言生动强烈,无论是出击还是奔走,都形象地讲述了这个民族在游牧、农耕、狩猎等生活中的体会,充满经验性和历程感。

查干湖地区民俗文化的规范化说明这一地区的人民具备很强的生存能力,因为人类的生存能力和生存经验往往是通过文化和民俗活动来一代代地传承下去的。民俗活动越丰富越规范的地区,说明人与自然的融合越典型,就越应该引起世界各民族的重视。

在查干湖畔库里村前的山冈上,耸立着一方巍峨的石碑——满蒙文碑,俗

称"库里碑"。整座石碑雕刻精细，造型精美，虽经风剥雨蚀300余年，仍文字清晰，纹饰完整。

该石碑是为清顺治皇帝的外祖父和外祖母所立，正式名称为"追封忠亲王暨忠亲王贤妃碑"。1981年，库里碑被列为吉林省重点文物保护单位。库里碑通体呈浅褐色，雕刻精美。石碑由碑趺、碑身、碑额（又称碑首）三部分组成。碑趺被雕成3米多长的巨大石兽，此兽是龙的第六子，名叫"霸下"，因其善能负重，所以常用作碑趺。碑身是碑的主体，高近3米，周边浮雕12条小龙。碑的正面共刻15竖行满蒙文字，左为新满文，右为古蒙文，汉译全文如下：

追封忠亲王暨忠亲王贤妃碑

帝王恭贤尊功，必崇封宏世，宪前而存后，广开亲亲之道，铭于铁石，宜究本以示意。圣母明圣仁上恭恂皇太后。王考妣育吾者也，思稽其本，祖获福而子来端，祖母荣贵而福生焉。尔子后济此封王，授以洪恩，今理祖母遗体，念德崇恩，并立册文，追封祖父为忠亲王，祖母为忠亲王贤妃，立碑于墓，永存后世，仁亲荐恩。

大清国顺治十二年五月初七日立

关于满蒙文碑，据说清顺治十一年（1654年）五月，顺治皇帝因寨桑夫妇已去世，视其"以勋亲世守忠懿，既效力于先皇，固守边圉之地"，而追封寨桑为和硕忠亲王，其妻为忠亲王贤妃。按照顺治皇帝的旨意，于清顺治十二年（1655年）五月初七，在查干湖东岸的郭尔罗斯草原选中了墓地，由寨桑的长孙、第二代达尔汗王和塔迁祖父母将遗体安葬，并立碑于墓前，建庙以事永久祭祀，同时，置坟丁十户以世代祭守。至今，坟丁后裔赵姓、高姓、包姓等蒙民仍在库里村繁衍生息。

据史书记载，早在清军入关之前，努尔哈赤为了统一女真各部落，对科尔

沁、郭尔罗斯诸蒙古部落采取联合的政策，使蒙古各部成为努尔哈赤的坚固后方。以后为了攻打明朝，努尔哈赤采取"南面封王""北不断亲"的策略，对明朝投降的汉人封官加爵，而对后方的蒙古部落采取联姻的政策，以形成强大的联盟。所以，自努尔哈赤本人开始，皇太极和福临等都曾娶后、妃于科尔沁等蒙古各部。后金天命十年（1625年）二月，科尔沁蒙古贝勒寨桑将女儿布木布泰嫁与皇太极，当时封为永福宫庄妃。后金崇德三年（1638年）正月，庄妃生下福临，庄妃就是被大众熟知的孝庄文皇后。皇太极驾崩后，福临年仅6岁，登基为顺治皇帝。

皇太极驾崩时，没有留下关于皇位继承的遗嘱，因此，满族统治集团内部诸王之间争夺皇位的斗争非常激烈且有引发内战的危机。当时力量最强的、最具争夺皇位条件的是皇太极长子肃亲王豪格和皇太极的弟弟睿亲王多尔衮。豪格直接掌握两黄旗，同时，镶蓝旗旗主郑亲王济尔哈朗和正红旗旗主礼亲王代善也都认为豪格是"帝之长子，当成大统"。另一派有力量争夺皇权的是睿亲王多尔衮。他是皇太极的弟弟，此人具有杰出的政治与军事才能，战功显著。他所拥有的两白旗，与两黄旗彼此对立。多尔衮的同母兄弟英郡王阿济格、豫亲王多铎等，也力劝多尔衮继皇帝位，并联手抵制豪格。

面对此种局势，孝庄太后首先取信于皇太极的哥哥礼亲王代善，继而游说于多尔衮和济尔哈朗之间，拿出一个折中的方案：立皇太极的第九子、年仅6岁的福临为帝，以济尔哈朗与多尔衮为辅政王。这一方案及时地排除了一触即发的政治危机。

孝庄太后的这一举措，既避免了诸王相争的大乱局面，也使皇位落在自己儿子的头上，为下一步实现皇太极"入主中原"的遗愿，奠定了坚实的政治基础。

多尔衮死后，顺治亲政时年仅13岁。在孝庄太后的影响下，顺治皇帝不顾满族权臣的反对，坚持重用汉官，提倡汉族文化，采用明朝中枢机构的体制，铸钱兼用满汉文字等施政方略，从而促进了民族融合，推动了社会发展。

孝庄太后在满族亲贵中极有威望，康熙即位后，尊其为太皇太后。康熙登基时年仅8岁，作为康熙帝的祖母，孝庄成为有力的监护人。康熙亲政以后，四辅政大臣之一的鳌拜专权擅政，横行霸道，力主"率祖制、复旧章"，重新圈地，阻碍了满族封建化的进程。孝庄积极参与打击鳌拜的斗争，逐步使亲康熙派掌握了京师的卫戍权，又设少年侍卫，几人整日与康熙幼帝嬉于摔跤游戏，以松懈鳌拜的警惕。在鳌拜只身入宫时，小侍卫们出其不意地逮捕了鳌拜，孝庄趁势将鳌拜党羽一网打尽，扭转了趋于倒退的局面。

孝庄文皇后历清初三朝，两次扶持幼主，对当时的政治统一与稳定，乃至"康乾盛世"的影响极为深远。

库里碑之邻，西北不远处有塔虎城，北邻松嫩两江交汇处，西南是浩瀚的

查干湖，长山水上公园就在附近。库里碑是查干湖旅游区内重要的文物之一，也是吉林省境内清代碑刻中规模较大且保存比较完好的石碑之一。几经修复，现已迁入长山镇明珠园内"孝庄祖陵陈列馆"，每日向游人开放，供大家参观瞻仰。对满蒙文碑的历史价值、艺术价值、文字价值的研究，也倍受吉林省内外专家学者的重视，是前郭尔罗斯历史发展的重要佐证。

清朝时期，查干湖区还是方圆数百千米范围内的宗教文化中心，曾建有妙因寺等庙宇。妙因寺建于清乾隆二十年（1755年），毁于中华人民共和国成立之前，2000年，经吉林省政府批准恢复重建。其寺位于查干湖东岸敖包山下，背倚敖包山，面对湖水，从湖面向山上望去，寺庙内层层殿阁，层层增高；座座宝顶，饰以金色的法轮、法幢，金光耀眼；白绿瓦，白塔柳荫，在湖水蓝天的映衬下，显得格外美丽、神秘。如今，以妙因寺为载体形成了庙会、查玛

舞、千灯法会、祭湖、祭敖包等一系列宗教文化活动。

　　2007年，查干湖经国务院批准被列为国家级自然保护区，以查干湖冬捕为标志的渔猎文化也成为其文化遗产之一。2008年，"查干湖冬捕习俗"被列入国家级非物质文化遗产名录。2009年，"查干湖冬捕景观"入选"吉林八景"，"查干湖冰雪渔猎文化旅游节"更是被评为"中国十大自然生态类节庆"和"最具文化传承价值中国节庆"。为了让世人更好地了解查干湖的悠久历史，让渔猎文化得到传承和延续，2008年，查干湖旅游经济开发区在查干湖南景区修建了国内唯一一处以"渔猎文化"为主题的查干湖渔猎文化博物馆。馆内陈列着从查干湖青山头遗址中发现的查干淖尔人先祖使用的石斧、石片，捕鱼、生活时使用的各种石器，以及挖掘出的各种动物化石，包括猛犸象、披毛犀等珍贵物种，呈现了查干湖久远的历史及丰富的文化内涵。渔猎文化博物馆，成为中外游客及专家学者叩开查干淖尔古文化之门的必经之路。

查干湖冬捕是人类渔猎文化的活态遗存。渔猎文化已同畜牧文化、农耕文化一同步入了中华民族的文化之中，但它不如农耕文化那样集中和定型。到了清朝时期，朝廷在北方设立了打牲乌拉衙门，专门管理捕鱼、贮鱼、贡鱼，民间散居型的渔猎活动从此进入了大规模的集约型阶段。把历史的碎片拾起来组合在一起，才感觉到松原这片土地更加闪闪发光，那是因为地灵必然连接着人杰，而这里的土地以其丰饶的水草著称天下，两条大的江河和诸多的中型河流、湖泊使这儿的人们依据江河而生存，于是渔猎成为生活在这里的人的主要生存形态。

据史料记载，吉林渔民曾经由图们江出海捕鱼，盛时达千余人，年作业四五个月，用刺网捕捞，人均产量可达20吨，用串连网捕捞可达25~30吨，捕捞海参每人每天可达15千克。北方典型的渔猎民族，如赫哲族，每年要向朝廷进贡鲤鱼鱼骨、鲤鱼鱼筋等特产。光绪年间，俄国轮船航行至黑龙江时，常常向赫哲人买大马哈鱼。

从春天跑冰排开始到夏季小满，这一时期为春季鱼汛期。这时在松花江、黑龙江、乌苏里江流域主要捕那些以小鱼为食的杂鱼类。这类鱼在稳水涡子（卧子）里待了一冬天，往往随着开江的冰排震荡顺流而下，到没有冰排的稳水涡子里停下来觅食。捕这个季节的鱼用网、钩都可以，而且鱼好吃，也能卖出好价钱来。

端午节前后，水温开始回暖，各种专门吃活鱼的大鱼都集中往江边游，在岸边的青草和苇棵里找小鱼吃。这时节，江边草丛里的蚊虫还没大量生出，打鱼人不受蚊虫叮咬侵害，夜里小凉风一吹，又凉快又舒服，这是打鱼的好季节。在这样的日子里，渔民不停地捕捞。如果勤快一些的话，这个季节渔民便可以把一年的口粮弄回来。

在东北，从深秋到初冬，一切江河湖泊都被严寒封冻了。历史上，北方交

通不便，一到冬季，许多封冻的大江大河便成了爬道。如果渔民们在江上凿冰捕鱼，往往会使爬犁和大车通行不便。北方人心是善良的。冬天，他们不在大车和爬犁行走的冰道上打冰眼，于是便选择在泊、泡、湖一类的水域上凿冰捕鱼，这样查干湖就成了北方冬天最热闹的天然捕鱼场。

　　冬捕与平时捕鱼活动的不同之处在于，这是一项集体活动，不是一个人能独立完成的，而是需要诸多人的配合，并调动这儿的诸多民族一块参加的一项活动。冬捕就是面对严酷的大自然，去凿冰捕鱼。当地人有个习俗，查干淖尔冬捕，谁不去冰上见识一下，谁就不是汉子。这是对男人体魄、能力的一种衡量。在北方，谁没去查干湖打过鱼，谁甚至就找不上媳妇。为了冬捕，各行各业都开工作业，木匠打爬犁，车匠造大车，皮匠做皮袄，鞋铺做靴鞡，编匠编渔具，麻绳铺打绳织网，割苇的人也忙着编鱼囤子……

　　冬捕又使各民族之间、人与人之间得以交流。由于要组织渔业队，打工的人和船户，捕鱼人和把头，各种手艺人，还有鱼店的掌柜和老客，各种大车店和旅店，都有了一种交融和联系。这在一定程度上起到了促进社会发展和文明进步的重要作用。甚至在冬捕的日子里，动物也得到了重视。马要顶一个股（股，指一个劳力）到冰上的捕鱼场拉马轮；狗要看网房子；牛要拉鱼、运鱼。冬季的捕鱼活动，使人和动物亲近了，使人和自然得到了实实在在的融合。

一片偌大的冰原，就是这样年年岁岁在进行着自己固有的生活、生产、生存行为，人们永不厌倦，这是怎样的一种生活吸引力呢？

应该说，它是一种真切的生活，并且它带着自己清晰和鲜明的传统。从远古到今天，一路走来，查干湖渔猎文化即查干淖尔渔猎文化，给人类提供了一个遗产传承的模式。

查干湖渔猎文化之果，是勤劳的北方民族智慧的凝结，最终成为遗产之

果。这些庄严的图像，是遗产之果的视觉化，是被自然、被历史和人类生产、生活反复印证过的，这才能成为遗产视觉。查干湖渔猎文化遗产形态，正如联合国教科文组织在制定遗产标准时所提出的那样，它是人或集体在与自然、生产、生活的互动中产生的认同，保持着这种认同，传承着这种认同，这是人类对生命的努力。

一切文化和精神在冬捕的日子里得到了全面的展示和传承。查干湖冬捕是人类生存成果的一次大的、全面的、辉煌的展示和普及。人的品德、人的生存能力、人的精神面貌，都在这种壮丽的活动中充分地释放出来。

这种从春夏就开始准备的活动，使人们憋足了劲，要把在冰层下养了一夏一秋的鲜美鱼儿捕捞上来，于是使冬捕活动成为了独特的民俗……

严冬，当厚厚的白雪覆盖在茫茫的科尔沁草原上，当老北风呼啸吹刮的时候，查干湖壮丽的冬捕就开始了。这时候，土地在颤动，马儿在嘶叫，人们在呐喊。

那是黑土北方人的一种抑制不住的热情在心底升腾。

他们戴上狗皮帽子，穿上老羊皮袄，走向自然。那是一种回归，是一种原色的生存味道，是一种原始古老图腾的复活和复苏。

在地球上，至今仍能让人直接去体验和感受古人类生存文化形态这种原色的地方已为数不多了。

进入查干湖冬捕，有一种走进远逝的楼兰古地之感，又好似来到秘鲁印第安人古老的生存部落，你会感受到大自然在平静地接纳你，又在生动地拥抱你。

是的，这儿是目前世界上唯一的也是最后一处被自然和人类完整保存下来的渔猎部落。

为什么？

说它是群落，仿佛范围很大，其实很小。它只集中在松花江（松）南嫩江左岸查干湖周围地带，而如今只是查干湖渔场所在地西山外屯了。它是不是在继续缩小，并像人类狩猎活动那样最后消失呢？许多资料表明，科尔沁草原已在不停退化和沙化，从前诸多的湖泊已经干涸并消失得无影无踪了。

　　查干湖也面临危机吗？在20世纪70年代，这个有着上千年历史的400余平方千米的湖面即已萎缩到只剩下50平方千米的水面了。大湖退缩的原因是上游的霍林河先后兴建了罕嘎力、兴隆、胜利等水库，层层建库，拦蓄河水，致使查干湖的水量逐年减少。在逐渐干涸的同时，生态也在奇异地变化着。湖区周围的降雨明显减少，风沙气候逐渐增多，一些从前水草旺盛的地方现在成了干涸区……

　　照这样下去，大湖在科尔沁草原消失是完全可能的事情。那时，随着大湖的消失，古老的渔猎文化将消失得一干二净，渔猎部落和群落也将渐渐变成普通的农业村屯。若干年后，人们会忘记这里曾经发生过的一切。考古专家将在

那一片干涸的土层中挖掘、辨认和展示查干湖从前渔猎部落的人类遗迹,以考古的方式去认识人类的生存历程。

好在吉林省、松原市和前郭尔罗斯的几代领导人前赴后继地改写大湖的命

运，使查干淖尔冬捕得以传承和延续下来。这种古老的原始文明刻画着传统，而将古朴的原生态留给今天，更是留给未来。

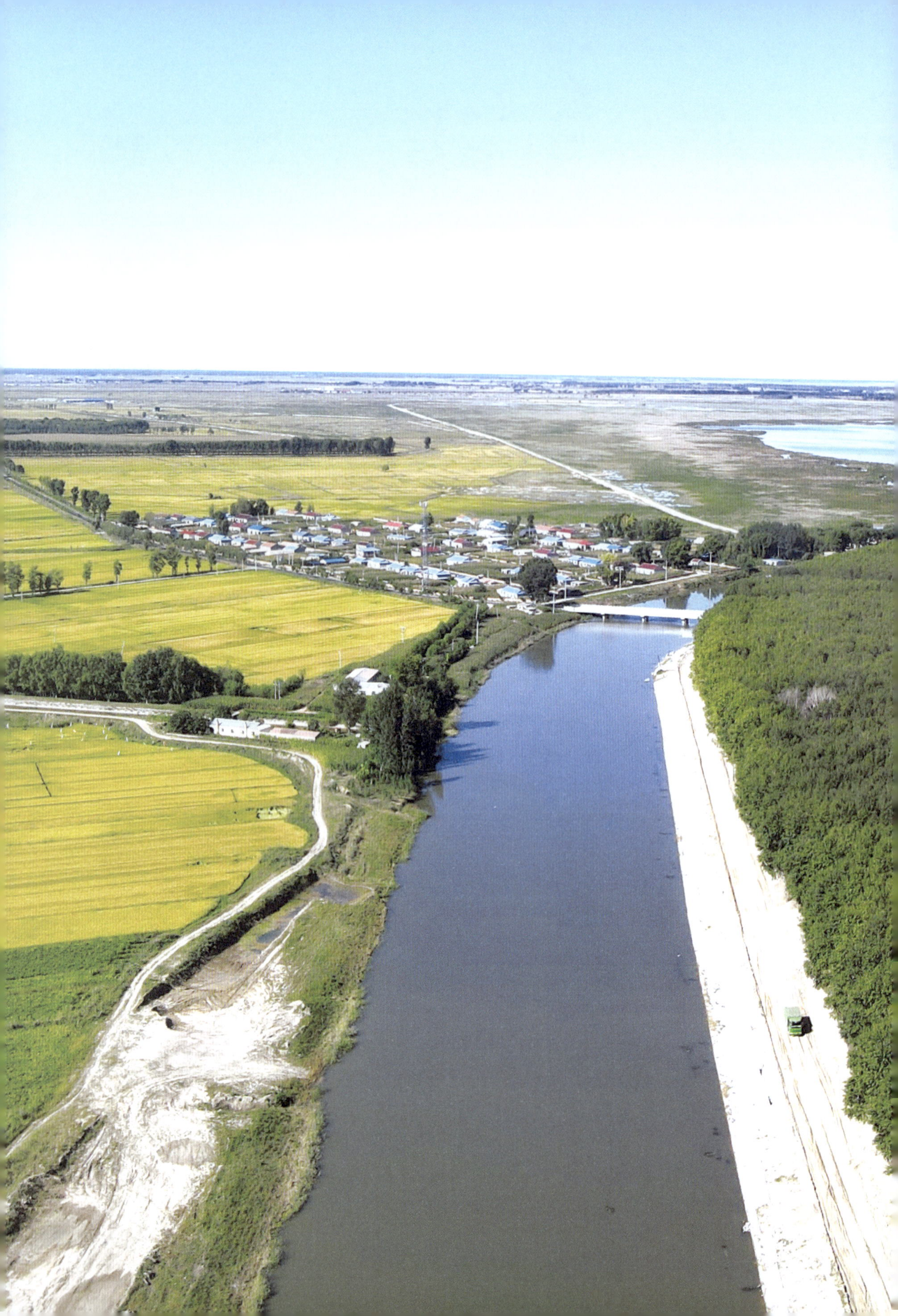

第二章

草原上的人工大运河
Caoyuan Shang de Rengong Da Yunhe

奇异的查干湖风光，还有一条令人瞩目的草原运河。它引来的松花江水一泻千里，如天上之水，奔流不复，如银河落地，滚滚奔腾，似一把蓝色的利剑，劈开川头山，喷珠吐玉般流入查干湖，勾画了查干湖的又一奇观。

草原运河起自郭尔罗斯东端的松花江，流至烟波浩渺的查干湖。全长53.8千米，宽50米，建有14座桥梁、2座大型水闸。在松花江畔风景秀丽的哈达山湾，运河的首闸巍然挺立，滔滔江水滚滚奔流。驾舟顺流而下，便进入闻名东北的前郭灌区。一条条碧带般的稻田水渠排列有序，水绕渠环，平展整齐的稻田像一块块绿毯，与天际相连。堤上垂柳依依，河边绿草如茵，

活画出一幅似南国水乡的浓情。渠上一个个分水闸的流水声飞入耳际，不禁使人想起了"瞿塘嘈嘈急如弦"那句古诗文。无尽的潺潺流水恰如无数合奏的琴弦，演奏着一曲水乡田园交响乐。

运河跃出灌区，沃野广袤，草原壮阔，河堤边，青青芦苇互抱成丛，养鱼池里绿水红鳞。如毡的绿草地滚动着成群的牛羊，浩瀚的原野飘动着一渠少女般温柔娴静的河水，悠悠碧水经过长途跋涉，流到查干湖畔的川头山，这里矗立着草原运河的尾闸。

川头山位于查干湖东南，似被天斧劈开一般，草原运河从山中间穿行而过。陡峭的山崖河道上架起高大的节制闸，平稳的江水到了这里，变成了一条咆哮的巨龙，以翻江倒海之势倾泻而去，喷珠吐玉般地流入查干湖，可谓天河倒泻，雄浑壮丽。

这条草原运河并非鬼斧神工的自然美景，而是8万传承查干淖尔精神的查干湖人勇敢卓越拯救母亲河的伟大巨作，是奔流而来的人类精神之河，是"人与自然和谐共生"的传世经典。这一切，都源于半世纪前白色圣湖遭遇的那场万年之劫。

第一节 "姑娘只嫁外地郎,农场满目光棍汉"

20世纪60年代初期,凭借充盈丰沛的水资源和独特的温湿度条件,查干湖形成了特有的湖泊气候,这里成为动物、植物的天堂,天有飞禽,地有走兽,水有鱼群。"靠山吃山,靠水吃水",世居于此的百姓夏天种地,冬天打渔,安居乐业,足衣足食。在当时社会生产力普遍相对疲弱的环境下,查干湖人的生活可谓美食甘寝,其乐融融。

1962年以后的10余年中,查干湖主要水源区人类活动加剧,查干湖的主要水源地霍林河上游先后修建了多个中、小型水库,拦河蓄水,致使霍林河下游经常断流。洮儿河较小的水流也被堵截,再加上大区域干旱少雨的影响,致使注入查干湖的水量逐年减少,最后霍林河的水源完全中断,查干湖的水域面积大大缩小,湿地面积明显退缩,湖区水域面积仅为184平方千米,湖畔芦苇面积也仅存47平方千米。通过勘测部门的航测图分析,查干湖原有的大面积湿地,至20世纪70年代末期急剧退化,趋于干涸,这也让查干湖变成了名副其实的"旱河"！

没有充足的水源，环境得不到改善，情况只会越来越糟糕。20世纪70年代末，查干湖水域面积仅存50多平方千米，"骑自行车穿越湖底"对当时的查干湖来说并不夸张。

湖水干涸，龟裂的土地张着血盆大口，仿佛要吞噬地上的一切生灵。一脚踩上去，"咔咔"的土块会变成碱土面子随风飘散。昔日碧波万顷的漠漠大湖萎缩了，栖息繁衍的鸥鸟飞走了，香溢四野的百花枯萎了，捞鱼捕虾的渔船废弃了……干旱的连年发生，使湖库蓄水量骤减，富营养化程度加剧，水环境中有害藻类大量繁殖，水中有毒有害物质增加，鱼类赖以生存的环境受到严重破坏。

长期没有水源注入，导致湖水变色，碧绿的湖水变成了黑褐色，湖水的pH由原来的8.5急速上升到12.8，强碱性的湖水使鱼类及其他湿地动植物近乎灭绝，整个湿地生态环境遭受灭顶之灾。在不到20年的时间里，素有"草原明珠""天然宝库"美称的查干湖就变成了鱼苇绝迹、盐碱泛起的"毒湖""害湖"！

由于自然生态遭到严重破坏，湖水逐年递减，导致湖区降雨量逐年减少，大风天气却逐年增多，特别是春季，频起的狂风卷起湖畔的沙碱漫天飞舞，遮天蔽日，犹如戈壁沙漠的飞沙走石，铺天盖地。树被刮得"沙沙"作响，刚长出的嫩草被吹得无影无踪，空气里四处弥漫的沙碱，灌进人的五官七窍，昔日圣湖的山水油彩变成了膏肓病人的黑白光片。

生态的严重危机导致查干湖渔业倾废，干裂的湖岸到处是腐臭的鱼尸。湖区附近的百顷良田，由于遭受沙碱侵害，导致农业减产，草质退化，不到几年时间，就变成了不毛之地。

查干湖渔场濒临倒闭，渔工们只能靠熬碱艰难度日，一些渔工携家带口到

外地打零工，另谋生路维持生计。曾经的鱼米之乡成为前郭尔罗斯北部十年九旱的干旱区。附近的村屯过去是有鱼、有苇、有草原，粮食年年丰收，但在那个时候变成了"吃粮靠返销，花钱靠贷款，生活靠救济"的"三靠村"。有的百姓甚至举家逃离了生他养他的故乡，离开了他们曾经引以为傲的家园。

前郭灌区由于水田严重的盐碱化，连年低产，各农场职工食不果腹，生活窘迫，导致"姑娘只嫁外地郎，农场满目光棍汉"。一些农工为躲避农场的劝阻，想办法趁夜搬迁到外地谋生。

要像保护眼睛一样保护自然和生态环境！大自然向人类发出警告和呼救：查干湖生态之劫危如累卵，万年生息的查干淖尔族群同其古文化一样岌岌可危！

第二节　造林治碱　引水救湖

拯救"草原明珠"查干湖，再现查干湖的青山绿水，恢复查干湖区的生态环境迫在眉睫，间不容发！

据常万海、阿古拉二位当年的决策组成员讲，面对如此恶劣的自然环境和百姓生活的困境，1976年春节后，时任县委书记傅海宽与县委班子其他成员先后几次召开专题会议，研究解决前郭县干旱、查干湖干涸问题。傅海宽与县委、县政府主要领导带领水利局的技术干部，在前郭县境内驱车数百里，从南到西，由西到北，最后在查干湖北部进行实地勘察，并在湖边的重新公社高家大队召开座谈会，讨论全县农业生产及解决查干湖干涸带来的诸多问题，核心是如何治理查干湖干涸、土地碱化、农田减产等。会议提出，首先要通过全面综合治理遏制资源恶化，前郭的山、水、林、田才能得到全面的综合开发，进而达到全面发展民族经济和强县富民的目的。

统一认识后，县委作出决定：中北部（包括前郭灌区）要把土地资源有效利用起来，改造成米粮川；北部要复活查干湖水域；南部要发展成林、

草、果、粮综合丰产的多品种农作物经济区；西部要造林、治沙、种草、治碱，锁住风沙，大力发展畜牧业，开发林、草、肉、奶，使之成为林、牧丰足的经济区。

同时，县委决定大搞农田水利工程，分批治理，分期建设。首先，利用龙坑水修建套海水库。在县水利局勘测设计方案完成后，县委于1976年5月动员全县人民，调动了6000多名民工，1000多台大车，历时3个多月，建成了一条长1100米、高6米、顶宽6米的套海水库大坝。

1976年7月，白城地区公署召开了全区农田水利基本建设会议，提出复活

查干湖的设想。会上针对"引水救湖"研讨了3个方案:一是在哈达山引"二松"水,经区外排水、丰泉泄干、二泄干、总泄干入查干湖;二是从锡伯屯前三泄干引"二松"水,沿三、四泄干和总泄干入查干湖;三是引月亮泡水经大安入查干湖。

经地、县两级领导及水利专家现场踏查,对这些方案进行多次反复比较论证,最后确定采用第二方案,认为从前郭县境内引松花江水是可以自流引入查干湖的。因前郭、乾安两县共建并共同受益,所以命名该工程为"前乾引松团结渠"。该工程由白城地区公署负责,前郭、乾安两县水利技术人员参加,力求拿出引松工程的初步设计方案。

根据引松工程的初步设计方案，白城地委对引松工程的规划原则提出了三点意见：一是要充分利用查干湖的自然条件，因地制宜，发挥优势，合理开发。首先解决查干湖的水源问题，确定通过引松工程使松花江水流入查干湖，尽快复活查干湖。二是引松工程要体现出近期效益，要以养鱼、养苇为主，力争在进水第二年发挥效益。三是引松工程要具有长远效益，要起到扩大灌溉面积、保护农田的综合作用。

根据引松工程初步设计方案提供的地理资料及水文数据，查干湖的最低海拔为126.5米，前郭县吉拉吐乡锡伯屯东侧松花江水位在正常年份的6—9月均可达到134.5米以上，从引水处到查干湖约有8米的落差。引松渠总长53.85千米，引松首闸底高程选定为132米，渠尾闸底高程选定为128.2米，整个引松渠首尾比降定为1∶13800，这一工程高程选定和首尾比降的确定，既有利于前郭灌区水田排水，又可使渠水自然流入查干湖。引松渠原设计的底宽为30米，因白城地委提出要满足为乾安县送水的需求，故前郭县委决定将引松渠底宽加宽到50米。

引松渠的走向是：经前郭灌区的三、四泄干和总泄干，入新庙泡，再经尾闸入查干湖。引松渠全线竣工后，计划用1~2年的时间蓄满查干湖，使查干湖的总蓄水量达到5.98亿立方米。松花江水引入查干湖后，查干湖的正常设计水位高程为129.6米，最高实际水位高程为130米。经1976年8月勘测，全段53.85千米的引松渠设计开挖土方量为1226万立方米。

通过对引松渠走向及地质资料的分析，引松渠两侧坡比为1∶3，为复式渠道，即两侧各留有宽10米的马道以利稳固，10米以外为弃土堆，堆上一侧可做行车道路，并植树造林，防止水土流失，以保护引渠。

引松渠线路确定后，县水利局有关领导带领20多名水利技术员组成引松工程勘测设计组，于1976年8月进入渠线，仅用10天完成勘测，现场绘图、设计、计算工程量。

经技术人员勘察测量后确定：渠首设在松花江左岸吉拉吐乡锡伯屯东南侧，在前郭县境内渠首呈缓"之"字形向西北延伸，经吉拉吐乡、红旗农场、新立乡、达里巴乡、新庙镇、蒙古屯乡，全长53.85千米。整个工程总占地面积1077公顷，工程总土方量1226万立方米。在引渠1050米处设渠首防洪引水闸。设计首端渠底高程为132米，末端渠底高程为128.1米，渠底宽50米。两侧边坡为复式断面，边坡比为1∶3，水面纵向比降为1∶13800。首端最高取水位定为134.3米，通过最大流量为90.6立方米每秒。计划工程完成后，每年可引松花江水5.27亿立方米。一两年就可灌满查干湖、新庙泡、辛甸泡。既可养鱼、养苇，又可解决灌区泄水，降低地下水位和土壤含盐量过高的问题。沿线还可在灌区下游开发水田，灌溉农田和草原。并拟在套浩太一带建站提水上山，把水引向县内南部、西部地区，再灌溉3万公顷土地，使那里多年干旱缺水的局面得到改变。

引松方案包括主渠土方工程和渠上枢纽及交叉建筑物工程，工程分三期，其中 期工程计划分3个阶段完成主渠挖掘。经县委研究一致通过，决定于1976年9月5日正式破土动工。于是，一场历时8年的查干湖涅槃之旅启程了。

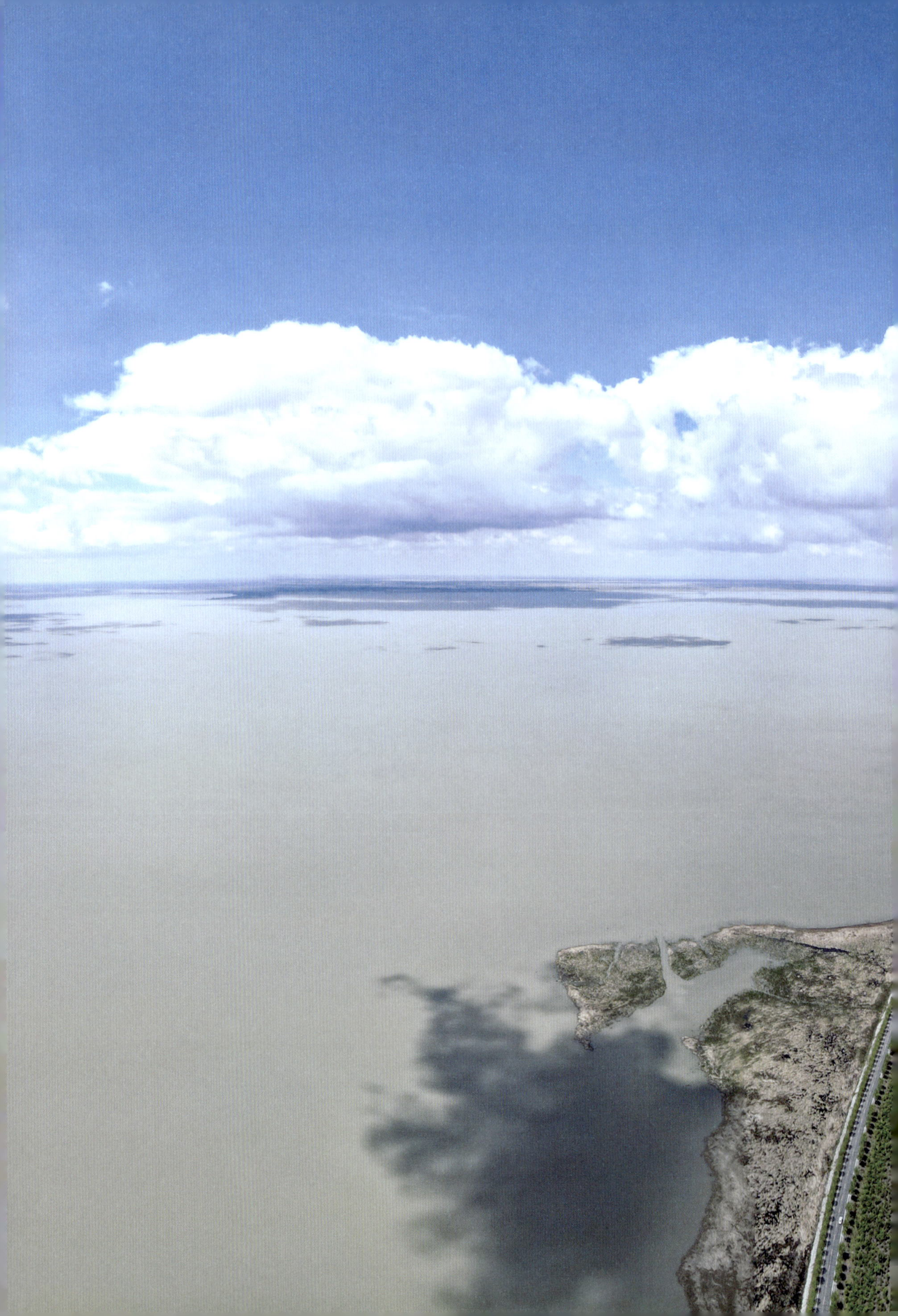

第三章

八万双手拯救查干湖
Bawan Shuang Shou Zhengjiu Chagan Hu

人挑车拉的引松工程施工场面

　　8年，8万人，53.85千米。今天，站在查干湖南景区引松尾闸前，沉静内敛的新庙泡，静静蕴养着百里之外汇入的松江之水，默默衔接420平方千米的查干湖水域，漠漠大湖，浩浩漫漫、洋洋洒洒……

　　半世纪前的那场人与自然的史诗革命，如眼前之景，逶迤磅礴，蔚为壮观，尤为敬也。

第一节　工程破土，"全民皆兵"

1976年8月24日，前郭县委召开全县各公社、农、林、牧、渔场及县直各部门主要负责人参加的紧急会议，号召全县各族人民，发扬"自力更生，艰苦创业，团结协作，无私奉献"的红旗渠精神，全力以赴参加兴建引松工程大会战。会后各单位层层召开动员会去发动群众，"全民皆兵"参加引松工程建设大会战。

前郭县成立了以县委主要领导组成的引松工程施工建设指挥部。下设政工处、施工处、后勤处和办公室，分别负责会战期间组织宣传、工程施工、物资供应和食宿安排等事宜。

为便于统筹兼顾，落实责任，保证土方开挖进度和质量，整个工程划分为5个战区。

东部战区施工段从引松入水口至长白铁路桥，由县直机关、企事业单位及前郭镇组织施工。

南部战区施工段从长白铁路至朱尔钦，由东风、卡拉木、洪泉、长龙和套

地、县领导在誓师大会主席台上

浩太等5个公社负责施工。

中部战区施工段自朱尔钦至新立公社西，施工单位是吉拉吐、新立、达里巴3个公社和红旗、红光2个农场。

西部战区施工段自新立公社西至前乾公路桥北500米，施工单位是深井子、乌兰架海、乌兰图嘎、查干花、乌兰敖都、东三家子6个公社。

北部战区施工段自前乾公路桥北500米处至引松渠末端，施工单位是木头、平凤、重新、新丰、八郎、新庙6个公社及红星牧场等西、南部的农林牧场。

1976年8月25日，县水利局派出专业技术人员奔赴各战区，与施工单位一同研究施工细化方案，逐一战区划分施工段，传授施工开挖方法和有关技术要求。县直各有关单位，全县各公社和农、林、牧、渔场，陆续进入工地，落实后勤工作，各单位都将广播设备搬到工地，在工地上竖起了广播喇叭。

1976年8月25日以后，全县人民全力筹备进入工地的所需物资。按照县委

时任白城地区行署副专员张洪魁在誓师大会上讲话

的要求，全县90%以上的男女劳动力都要上工地（当时全县男女劳动力总计9万多人），车、马、帐篷、粮、菜、铁锹、扁担、土筐等都必须在规定的有限时间内备齐。全县所有商店、供销社的铁锹、扁担、绳子、土筐、麻袋等都被一购而空，很多单位只好去外地购买。很快，附近各县大小商店的工具也被买空，有的单位不得不到省外去购买。

各公社，各农、林、牧、渔场和县直各单位参加的会战人员，按民兵军事化要求组成连、营、团组织。指挥部要求，各公社、大队、生产队，各农、林、牧、渔场，县直各单位，一把手必须亲临第一线，必须在工地一线参加劳动。

1976年9月4日，全县参加引松会战的8万多水利建设大军全部进入各自施工地段。53.85千米长的引松工地彩旗飘扬，灯火通明，人喧马啸，引松会战开战在即。

1976年9月6日，前郭县引松工程指挥部在前乾公路拐脖店段召开兴建引松工程誓师大会。全县8万多名建设者已全部进入工地，在各自施工段的工地上收听誓师大会广播。白城地委、地区公署和省、地有关部门的负责同志参加了誓

誓师大会现场

师大会。

誓师大会的会场上，用四辆解放牌大卡车的车斗搭建成的主席台上方悬挂着红色横幅——前乾引松团结渠开工誓师大会，两侧的条幅上写着"前乾人民同携手，喝令松水滚滚来"。

民兵代表在大会上代表8万多名水利工程建设者作了表态发言。前郭尔罗斯蒙古族自治县有史以来声势最为浩大的引松工程正式进入一期工程第一阶段。

从1976年9月6日到12月5日的3个月里，全县80%以上的机关干部和企事业单位员工，城镇各学校大部分教师和高年级学生也都分期赶赴工地参加会战。

在县委"全县人民总动员，四级干部上一线，坚决打赢引松工程大会战"的号召下，73000多名农民，6300多名县、公社各单位职工和四级干部，2200多

在引松工程誓师大会上表决心

名学生，在53.85千米长的引松工地上摆开了战场，搭建起2200多个临时土窝棚和帐篷，日出工人数最多达到81150人。全县共出动牛、马车6821辆，汽车129台，卷扬机18台，抽水机519台。

8万多名水利工程建设者挥舞铁锹，踏着泥泞，将挖出的泥土挑上弃土堆。没有重型机械，更没有现代化智能设备，可敬的劳动者们用木杠、麻袋（布袋）双人抬，用大车、爬犁往外拉，用手推车、推土机往外推。工地上的高音喇叭里，"前乾人民挥铁手，百里长渠开出来""前乾人民战干旱，引来江水灌良田"的加油号子是在赞美这万众一心、众志成城的澎湃画面！

第二节　一个奇迹和一些名字

引松工程是前郭县人民改造恶劣生态环境的创新之举，没有成功经验可循，很多问题都需要在过程中统筹兼顾、科学研讨、审慎应对。经过会战初期的掘进和总结发现，各战区都出现了因各施工段施工方法不一，造成不同程度的地下水和地表水积存问题。按照设计标准，如果不能一次性达到开挖深度，会给下一步施工带来更多难题。根据这一情况，1976年9月12日，指挥部科学研判，全面评估，梳理典型，设定标准，及时召开各战区、各兵团施工员会议，要求统一思想：一是施工员要搞好宣传，当好领导参谋，解决好施工中的疑难问题，发扬群众首创精神，不断总结经验，保证工程进度；二是要坚持科学施工，要推广平凤公社的施工方法，留好土墙，挡住内水，顺着渠底由内向外一个条块一个条块地挖，根据工程要求的深度一气呵成，一墩到底，这样便于排水，一次挖到深度，大车可在平地运土，牲畜省力，人便于操作，减少水下捞方；三是要树立百年大计、质量第一的思想，保证工程质量；四是要按照底宽50米，边坡1∶3，两侧马道各留10米的要求，选定好弃土堆的位置，并处

工地上红旗招展，建设者们正在收听誓师大会广播

理好单位与单位、公社与公社、大队与大队之间的接合部，不能出现错拐，不能留格，不能推托，不能观望，并搞好安全施工，按时做好开挖进度的统计上报工作。

指挥部通过与专家会商，对施工中出现的地表水和地下水问题，制定了处置方法。水田区地表水采取多扒口、早排净的方法；泡沼区小范围地表水采取扒口快排的方法，大范围地表水采取堵截、不排或缓排的办法。小面积地下水采取人工堵截水桶掏的办法；大面积地下水利用机泵抽水处理。要求各单位之间，本着"局部服从整体，下游兼顾上游"的原则，挖深沟导水下泄，在施工中，对于前郭灌区的排水采取堵截和疏导的办法。

在第一个会战阶段的3个月中，全县各战区、各兵团都涌现出大量的先进事迹和典型经验，引松工程现场已然形成了争先奉献、守正创新的可喜氛围。

北部战区的平凤公社，充分调动和发挥群众的智慧与创造力，集思广益，把人民群众的建设者主角身份树立起来、落实下去，大大提高了施工的科学性，从而推动了工程进度较快发展。

在处理地表水、地下水和流沙的过程中，许多干部脱掉鞋子，甩开膀子，和群众一起泡在冰冷的泥水里奋战。

有的双职工家庭，因夫妻都在工地，家中无人看孩子，就把孩子也带到工地，全家一起上阵。

北部战区的木头公社为了尽快完成任务，开工不到半个月，首先提出"两期工程一期完"的口号。为加快施工进度，他们一再增加劳动强度，"歇马歇牛不歇人"，昼夜连续奋战。

随着整体工程的不断推进，地下水渗出现问题，发展态势不容乐观，流沙、地表水也给施工带来不小的难度。如果一期工程拖到下一年，松花江涨水，前郭灌区泄水，都将给工程带来难以解决的困难。根据施工进程中出现的新情况、新问题，县委主要领导科学评估工程进展，于1976年9月19日召开常委扩大会议，作出了两期工程一期完成的决定。

为实现这一目标，所有参加会战的县、社干部全力以赴、夜以继日；全县8万多名各族群众包括青少年学生舍弃小我、踔厉同心；老人、妇女和儿童，忙碌在田间搞秋收；企事业单位留守人员加班加点，承担起参加会战人员的全部工作量。在此过程中，前郭人民以中国劳动者勤劳勇敢的朴素气质演绎了更多经典画面和精彩事迹。

东部战区广泛发动群众，上至70岁的老工人，下至在校学生，有的一家三代人同时上工地，全战区仅用50天时间，就完成了31万立方米的全部工程任务。城镇战区19人火线入党，157名学生加入了共青团，涌现出了先进集体47个，先进个人618名，其中受县委表彰的先进集体27个，先进个人23名。

西部战区的深井子兵团采取分段到各大队、小队，直至分段到个人的方法，在全县各公社中进度最快，率先完成全部土方任务，首先撤离工地。

人欢马跃，热火朝天的劳动场景

1976年10月5日，前郭县委召开引松工程第一阶段会战总结表彰大会，提出下一步会战的任务和要求。要求各公社民兵团，根据自己工程进度，最低要保留1/3的精干专业队伍在工地上继续施工，动员民兵自愿报名，其余人员参加秋收生产。同时，每个民兵排（生产队）都要留1~2台大车和足够的施工工具、生活用品，保证工地正常施工。

时任县委书记傅海宽在总结表彰大会上说，引松工程规模之浩大、气势之磅礴，是前郭县农田水利建设史上前所未有的。这次会战是自治县建县以来出动人数最多、劳动强度最大的一次。秋冬季节，有无数群众光脚在寒冷刺骨的泥水里施工，冒雨奋战在工地上，有的几乎付出了生命的代价。这是前郭尔罗斯各族儿女创造的历史奇迹。

这奇迹是由8万人可歌可泣的奉献故事创造而成的，这些故事成为查干湖生态发展史上各有分量的墨彩。下面这些名字已被历史铭刻，他们也只是8万多名建设者的代表。

刘贵：深井子七棵树八队政治队长。身患胸膜炎，会战中两次累得吐血，人们劝他休息一下再干，可他坚持不下火线。他说，死也要死在工地上，坚决战斗到会战胜利。

祝洪福：长龙公社六股道一队政治队长，会战期间，妻子病故，家中有5个年幼的孩子无人照顾，他从工地回家，安葬完了妻子后，为了参加会战，又马上请战上一线，赶赴工地。领导几次劝他照顾一下家人，他坚决不肯。他说："家中困难再大，也没有工地的困难大；个人的事再重要，也没有建设社会主义重要。"他坚决战斗在引松工地上，坚持到最后。

赵洪斌：大山尔娄七队社员，老党员，当年66岁，患有重度肺气肿。为参加引松会战，他自带针管药品，自己边注射边参加挖抬土方，一直坚持劳作在最艰苦的泥水里，从没下过一线。群众们评价："他是把命都豁出去了。"

邵大娘：东风公社（王府站镇）外五家子大队队员，当年66岁，体弱多病。她背着家人和大队组织，偷偷跟着队伍来到工地，给大伙做饭。高强度劳动致使她的腰腿疼病加重，几次动员她回家，可她坚决不肯。她说，只要她还有一口气，也要作点儿贡献。

马红武：畜牧局老工人，在会战中几乎每天泡在水里，专拣重活干。在寒气刺骨的深秋，他在泥水里一直不穿上衣，挥汗挖土，挑起超体重的土篮，一直坚持到最后。

李玉兰：化工厂女工，把3个孩子放到亲属家，其中6岁女儿患白血病，但她一直坚持在工地上挑土篮，专挑重活干，为了早日完工而舍小家顾大家。

刘庆发：抽水站老工人，在工地上几次受伤，面部生疮，腰部疼痛直不起来，但他仍修理机器连续作战，昼夜奋战从未言退。

鲍淑芬：运输公司职工，家中4个年幼的孩子，夫妻同上火线。单位领导安排她在家留守，但她坚决要求上工地。工地让她装土，她坚持要挑土篮。她说："能挑一百斤，我绝对不挑九十九。"

各机关单位职工、企业工人、下乡知青、教师及沿渠附近高中生,他们也和广大农民一样,参加工程建设,累活重活抢着干,有的累晕、吐血仍旧咬牙坚持到底。引松渠沿线几十千米内没上工地的教师周六晚上到工地,当晚干一宿,周日干一天,周一照常给学生上课。

党员与群众,干部与百姓,在那段高光岁月中同甘苦、共进退。时任县委书记傅海宽是指挥者,同样也是劳动者,手几乎没离开过铁锹,走到哪里干到哪里,他那劳动者的本色从未改变。

刘升每天奔波在53.85千米长的工地上,想尽一切办法解决施工、生活、物资等方面的问题和困难。他脚上起泡,口舌生疮。在工地上只有吃口饭的间歇是他的休息时间。施工技术员韩忠勇说,他真像一头老黄牛,没见过这样为了工程卖命的干部,他是一位只求奉献的好干部。

关晓东、王凤廷、鲍景和、李金龙、杜长春等,他们的先进事迹催人泪下、震撼心灵、感人肺腑。

引松工程对改变前乾风沙干旱面貌,实现农田水利化,加速前郭建设大寨县的步伐,都必将起到极其重大的推动作用。如果能够完成这一壮举,引松工程可以灌溉木头、新丰、平凤等公社5000多垧(东北地区,1垧=1公顷=15亩)农田,还可以把江水引向套浩太,再提水上台地,向西部深井子、乌兰架海、查干花、乌兰敖都等公社再灌溉30000多垧旱田,进而改变前郭县西部贫水、干旱的历史,将农业生产向深推进,培育和发展养鱼、养苇事业。

他们说:"这是一项光荣的事业,我们一定要用各族人民的双手,使前郭旧貌换新颜,把风沙干旱的前郭草原,变成鱼米之乡的北国江南,为前郭的子孙万代造福,为人类的发展作贡献!"

1976年10月20日,各战区的农村劳动力都陆续返回了工地,继续参加会战进行工程收尾。1976年12月5日,一期工程第一阶段会战暂告一段落。

第一阶段工程自1976年9月5日开始到1976年12月5日结束，历时90天。在这90个日日夜夜里，参加会战的8万多名各族干部、群众，完成了引渠开挖土方量900多万立方米，占计划开挖任务的近80%。

第一阶段，除个别单位使用有限机械力量外，绝大部分土方量都是由人工的锹挖肩担来完成，包括后勤人员在内，平均每人日完成土方量约2.5立方米。

1977年春节前，县委决定继续突击完成一部分土方量，要求从1977年1月15日开始到2月5日，利用20余天的时间计划完成土方量100万立方米。要求第一阶段施工中未完成任务的社、队要出动50%的劳动力，遗留任务重的社、队在不影响春耕备耕生产的前提下，适当多上人。

1977年1月15日，4万建设大军再次来到引松工地。正值寒冬季节，天寒地冻，施工人员在工地上只能用大镐和洋镐刨冻土，刨去1米多深的冻层，就是地下水或流沙。县委会同有关专家预估到了这种情况，制定了用土炸药爆破冻方的方案，并在施工前培训了部分民兵骨干，制定了严格的储存、运输炸药和爆破施工等方面的安全制度。由于指挥到位，措施得力，爆破没有导致任何安全事故。

由于第一阶段各公社施工段地理条件不同，挖掘方法各异，人力物力条件有很大差别，导致工程进度差异较大。按照指挥部的要求，各公社重点解决第一阶段施工留下的间区。剩余工程量较大的社队，集中力量至少挖通20米宽的渠道，并在两侧预留边坡，防止渗水时坍塌。剩余工程量较少、进度较快的社、队接近设计渠底高程的，分段进行施工，尽可能不留尾工。

第二阶段整体进展不快。可敬的劳动者们在第一阶段的高强度掘进中不断突破身体耐力值，极度疲惫，在没有充分休整的情况下，又积极投入新一轮战斗，尽管进度稍缓，但解决了在第一阶段施工中留下的间区，疏通被堵的灌区泄水和支渠口，并完成了少量的主渠土方工程。第二阶段的施工，至1977年2月5日结束。

一期工程第三阶段施工从1977年8月20日开始，至12月末结束，历时4个月。全县共出动25000多人，车辆1000余台。长达120天的施工至结束时，洪泉、长龙、卡拉木、大山、东风公社因流沙导致难以施工，没有全部完成任务，西部东三家子、乌兰敖都等公社剩余少量未完土方，其余各公社和国营农、林、牧、渔场及城镇所有单位全部完成了主渠土方工程任务。

到1977年年末，因土方掘进难度加大、人员长时间劳作使战斗力下降、资金物力不足等困难，主渠土方工程全线停工。一期工程3个阶段的施工共完成设计总土方量的81%，部分区段没有挖通，尚余19%的土方量。

是年，县引松工程指挥部人员进行了调整，时任县委书记傅海宽任总指挥，负全责，副总指挥阿古拉负责建筑物工程的资金、物资筹集和后勤保障，副总指挥刘升负责主渠土方工程。由于此阶段引松渠上交叉建筑物工程较大，给施工带来很大难度，为了加强领导，县引松工程指挥部专门成立了建筑物工程指挥部。

引松工程一期工程的3个阶段，总计施工历时240天，投入人力9218100工日，车辆764800台日。当时全县财力薄弱，农村劳动力生产日值仅在1元左右，很多生产队日值只有几角钱，甚至个别生产队只有几分钱。职工干部月工资也都在30～40元。在这种困难条件下，县委以惊人的胆魄和巨大的决心，带领全县人民启动了这项浩大的水利工程。

工程总投入资金4438万元，其中国家投资（地区小型农田水利补助费）248万元，地方借用资金175万元，国家机关、企事业单位及农、林、牧、渔场摊销203万元，人民公社出动人力、车辆、机械和工具折合资金3812万元，平均每个生产队付出32000元，每个农村人口摊销100元。一期工程施工中耗用粮食27545吨，除群众自带口粮、储备粮、国家补助粮外，利用未核产粮食13700多吨，生猪4455口，牛506头，羊4471只。

前郭县各族儿女为开挖引松渠，在十分艰苦的条件下，除少量的机械施工外，硬是靠建设者们咬紧牙关，锹挖肩担，在长达53.85千米、底宽50米的工地上，发扬连续作战的精神，剖开了川头山，挑走了黏泥土，同流沙与泉眼决战，为开通引松渠谱写了一曲可歌可泣、改造山河的壮歌。

前乾引松团结渠工程是在白城地委的提议下，前郭县委作出大力开展农田基本建设的重大决策。这是一场挽救生态环境，让"哭泣"的查干湖旧貌换新颜的创举。

以时代为背景，从地委到县委，从领导干部到劳动群众，大干社会主义的积极性空前高涨，所有人都坚信：只要发扬大无畏革命精神，组织好、领导好，就一定能在草原开出一条运河来。

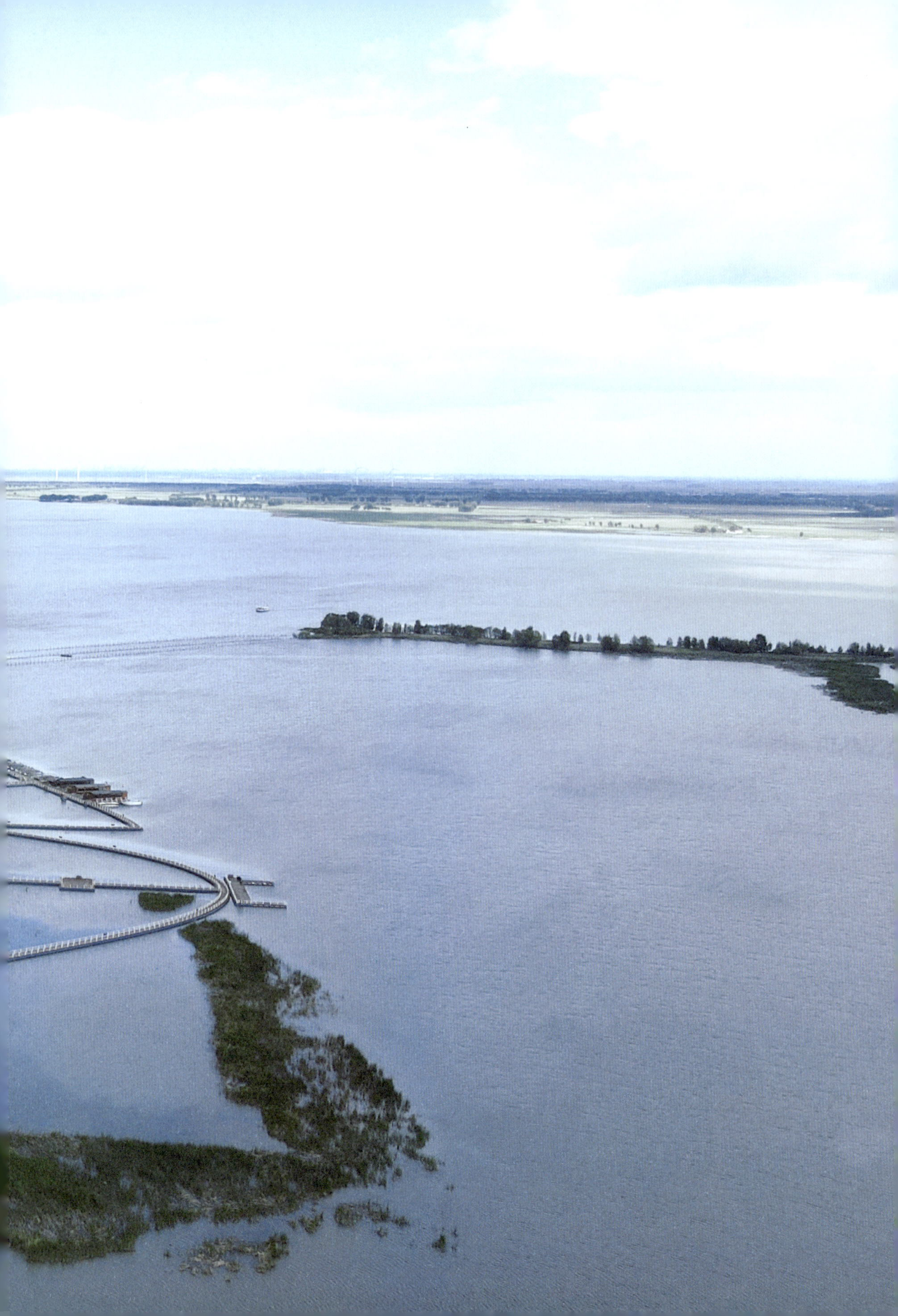

第四章

"我们终于引来了松花江水"
『Women Zhongyu Yinlai le Songhua Jiang Shui』

碧水奔流的引松渠，记述着前郭尔罗斯"艰苦创业，改造自然"的雄心壮志。当年的8万名参与者中也许有很多人并不清楚为什么这是拯救查干湖的最优方案，无法预知原来这是一项利在千秋的丰功伟业，只是因为信仰，坚信听党的话走正确的路，坚信只有查干湖活了，才会有水灌田，有木成林，有鱼可渔，这日子才会变好。于是，他们坚定地创造奇迹，创造历史，创造属于前郭尔罗斯的引松精神！引松渠就是在每一位普通劳动者对大自然的敬畏中，艰难而坚定地一厘米又一厘米地向前延伸……尽管前路有险，然终风雨有情，不负丹心。

第一节　改革开放重启引松工程

从1976年9月6日引松工程主渠开挖，到1977年年末完成总土方工程量的81%，此后引松工程受年代之困，被迫全线停工。有些人认为引松工程是"急功近利"，是"劳民伤财"的"造害工程"，于是在整个工程还有不到20%土方量没有完成的时候，就被迫停工了，使本来2年就应该完成的工程，被拖了5年。

直到后来，改革开放思想成为时代春风，吹动了旧思想的觉醒，吹响了发展经济的进军号，激活了沉睡多年的引松工程。

虽然有少量灌区弃水进入查干湖，使渔苇业生产略有恢复，但只要引松渠没有完成剩余19%的工程，查干湖就无法引来松花江水，全部工程都将功亏一篑，浩大的引松工程也就真的成了有些人说的"劳民伤财"的"造害工程"。为此，前郭县委、县政府曾多次专门向吉林省委、省政府汇报。

1982年年初，时任副省长王季平在听到前郭县委、县政府对于引松工程的情况汇报后，建议向中央有关部委反映情况，以求得贷款支持。前郭县委、县

政府当即组成萨音那木拉、王文斗、乌日图、沈振庭、林基才、楚安国、杨正程等人参加的工作小组。

从1982年开始，到1983年上半年，工作小组先后4次往返于地、省和中央。每次进京的主要任务都是到国家民族事务委员会、国家计划委员会、水利部、农牧渔业等单位汇报情况，以求得资金支援。

汇报的主要内容是：引松渠的设计规模、效益、已完成的工程量、剩余工程量、还需多少资金，以及全县各族人民付出的辛勤汗水和代价，并特别汇报了复活查干湖的迫切性、必要性和重要性。

水利部、农牧渔业部门在对汇报情况反复研究后，专门派出工作组进行调研和考察，最后磋商决定：由水利部工程综合经营公司、农牧渔业部水产养殖公司、吉林省水利厅和前郭县人民政府组成查干湖综合开发联营公司（简称四方公司），并以四方联营方式给予支持。

在此期间，1982年3月，县水利局编制了《前郭尔罗斯蒙古族自治县引松工程可行性研究及设计任务报告书》；1983年3月，获得省计划委员会的〔83〕吉计农字8号文件正式批复。1983年5月20日，县水利局又编制了《复活查干湖续建引松工程扩大初步设计及施工图》；同年7月20日，获得省水利厅批复，续建工程总工程量185.3万立方米，分两期施工。第一期1983—1984年，完成剩余引松渠土方及部分渠上建筑物。第二期1985—1986年，主要完成江叉整治工程、农道桥及拦鱼网和必要的养鱼工程。同时，核定续建工程总投资600万元，中央两部以贷款形式投资200万元，吉林省水利厅及省水产局为基本建设项目投资400万元。这600万元资金为引松主渠的疏浚和渠上建筑物的施工建设提供了根本保障。

如何利用好资金，使其发挥最大效益，完成续建工程，成就引松大业，是摆在县委、县政府面前的一个重要课题。首先重点解决为查干湖补充水源，满足湖区鱼、苇生产和前郭农田灌溉的需要。为减少引渠剩余的土方量，节省工程建设资金，经省计委和省水利厅批准，将引渠原设计渠底抬高0.5米，改为132.4米，底宽扩大为53米，设计水深为2米。在其他水利要素不变的情况下，设计最大引入流量为73立方米每秒，流速为0.151米每秒，年均引水流量2.9亿立方米。

此时，引松工程一期工程尚有11千米渠段没有疏浚，工程土方量约为119万立方米，其中大部分在地下水位以下。这些水下土方工程完全用人力开挖十分困难。县委、县政府在对所制定的三个方案进行反复对比和实地考察的基础上，采取工程外包服务形式，由江苏省泰兴县的一家工程公司投入400人，利用30套挖塘机组，于1984年6月底全部竣工。至此，引松渠土方工程全线疏浚！

整个引松工程除主渠开挖以外，渠上交叉建筑物工程也是浩大的，共兴建了引渠上交叉建筑物14座，包括：渠首防洪引水闸、前长公路桥、"八三"输油管道支撑2处、长白铁路桥、前农公路桥、前乾公路桥、渠尾节制闸、高家拦鱼栅、十家子拦鱼网泄洪闸、吉拉吐农道桥等。另有房建工程（渔业管理房）2500平方米，修建跌水工程9处，沿渠还建成固定式中小型电力抽、排水站18座。自1977年开始施工，陆续施工近10年，至1986年结束。其中，渠首防洪引水闸工程于1977年春开工，1980年5月竣工。经省、地主管部门验收，被评为省优质工程。

长白公路桥工程于1977年5月动工，1978年11月竣工。经地区交通部门公路处验收，认为工程坚持了设计标准，符合质量要求。

"八三"输油管道支撑工程，于1977年5月动工，1978年1月竣工。工程竣工后，经东北"八三"输油管道局，吉林省"八三"输油管理处和牧羊泵站等单位及前郭县引松工程建筑物工程指挥部联合验收，认为该工程质量好、速度快，符合设计标准。

长白铁路桥改扩建工程于1977年4月动工，11月竣工，经东北铁路交通总指挥部、沈阳铁路局及长春分局、农安工务段等部门进行联合验收。通过精密仪器测量，认为质量超过标准，强于铁道部自己工程队伍的施工质量，并认为一个县建铁路桥梁，质量能达到如此程度，是地方建桥史上罕见的。

前乾公路桥于1977年8月20日开工，1978年10月竣工。白城地区交通局验收，认为该桥质量好、速度快，是全区公路建桥史上少有的。

渠尾节制闸工程于1977年6月开工，1979年10月末竣工。该工程由于物资缺乏，使用的水泥质量较差，极个别部位欠佳。

前农公路桥于1980年6月开工，当年11月完工。

高家拦鱼栅工程于1983年7月开工，1984年11月完工。

十家子拦鱼网泄洪闸和川头拦鱼网墩工程，沿湖渔业管理房，分别于1984年7、8月开工，相继于1985年10月末竣工。

吉拉吐农道桥工程于1984年6月动工，1986年6月竣工。

上述工程均验收合格，为引松渠的成功通水奠定了基础。

第二节　前郭尔罗斯的创举：引松精神

"劈开川头山，掘开朽泥塘，千里村落静流淌，蕴育圣湖富家乡……承载三江水，浇灌稻花香，万顷田间静流淌，创造塞北鱼米乡……决策明高远，争流敢为先，勠力同心永向前，八年奋战铸铁肩。"一曲《引松赞》唱响人类保护自然、建设生态的凯旋之音。

1984年8月23日，引松工程建成通水。伴随着震耳的鞭炮声，引松首闸徐徐升起。看着清澈的松花江水似脱缰的野马沿着8万引松大军用青春、用心血、用汗水开凿的引松渠向着"母亲"湖奔涌而去。站在宽厚的引松渠上，望着眼前的江水，许多工程的建设者想起了8年前"凿冰豪饮松江水，漏棚细数洞天星"的艰苦条件，想起了"双钩钓起四篮土，两脚踏泥蹬陡坡"的繁重劳作，想起了在引松工地的日日夜夜，泪水霎时间模糊了人们的双眼。

这一天，引松首闸上彩旗飘扬，全县各族人民欢欣鼓舞。四面八方的群众像潮水般会聚于此，8年勠力同心，8年砥砺前行，终于迎来翘首以盼的胜利。

首闸的闸门隆隆升起的瞬间，汹涌的松花江水似咆哮的野马，奔腾着涌

入引松渠，壮丽的人工运河翻滚着流向了前郭县腹地，流向了新庙泡，流向干涸憔悴的查干湖，流向其灿烂的历史和精彩的未来。郭尔罗斯母亲河哭了，所有曾经战斗在引松前线的劳动者，所有为引松方案殚精竭智的设计者，所有以初心践使命的引松计划的决策者，人们炽热的、甘醇的、苦涩的、喜悦的、幸福的、酣畅的泪水，同激烈的松花江水一道从天而降，翻腾着、嘶喊着、高歌着、欢舞着奔涌进母亲的胸膛。那一刻，人与自然血脉交融，相拥而泣；那一刻，山水相依，互诉衷肠；那一刻，是查干湖向人类发出的刻骨鸣谢；那一刻，是人类向查干湖致出的无上敬意！

通水典礼上，当年引松的主要决策者之一，时任县委书记傅海宽同志泪笑兼行："引松工程终于开闸通水了，我们引来了松花江水，这真是圆了前郭人民百年的梦啊！"

歌舞剧：《人定胜天》

哈达山临江傲立，她在昭示着前郭尔罗斯人的风骨；引松渠碧水长流，她在吟唱着血与魂交融的颂歌。引松工程来路多艰，也曾进退维谷，8年寒暑筚路蓝缕，饱经沧桑，前郭尔罗斯人民以信仰踏征程，以精神战天地，同舟共济，知难而进，餐风饮露，卧雪眠霜。为了抢工程进度，劳动者们即便累吐了血，也依然不下工地，哪里最艰苦就到哪里去。大学生和回家探亲的解放军战士，应届毕业回来的大中专学生，也都主动加入奋战第一线。广大党员干部率先垂范，实实在在地冲在前面，鼓舞着8万劳动者万众一心、众志成城！

当年舍生忘死奋战在引松工地的决策者、参与者中，现有很多人已经辞世，他们没能看到今天查干湖的青山绿水，没能看到查干湖冬网捕鱼的世界奇观，没能看到今日前郭之百业蓬勃、日新月著，但历史总会铭记创造者！查干湖水的翻滚是对所有劳动英雄的不朽礼赞！

正如一首赞美引松工程的歌曲所写：草原运河流的是汗水，淌的是喜泪。草原从此水流金草滴翠，鱼鲜牛羊肥。是谁手撒稻花一挥千顷绿，是谁重镶宝镜满湖闪鳞辉。啊，草原运河，是查干湖的手足，是松花江的姊妹。

引松工程的最终胜利，是共产党人精神的又一次胜利！在特殊的年代背景下，决策者们坚定信仰逆风而舞，不忘初心的党员干部身先士卒，坚忍执着，在党的坚强领导下，带领8万多名建设者锲而不舍，力挽狂澜，在松花江和查干湖之间拉起一条脐带，53.85千米的"草原运河"，让查干湖在松花江水的哺育下重获新生。这是红旗渠精神在吉林大地的传续，是共产党人一心为民、不惧艰险、担当实干、无私奉献的精神赓续，是共产党领导勤劳勇敢的中国人民在艰苦卓绝中创造的又一奇迹！

引松工程的最终胜利，是劳动人民信仰与创造力的极大胜利！在那个物质极度贫乏的年代，8万名建设者吃的是自带的口粮，一天到头喝不上一口热水，由春到夏洗不上一次澡，住的是一阵大风就能掀翻屋顶的草苇窝棚，初冬时节每天早上要用拳头砸开薄冰取水洗脸，晚上钻进又潮又冷的被窝，看着满天星斗酣然入睡。没有大型机械，后援保障捉襟见肘，他们布满老茧的双手写下精卫填海，刻满伤疤的肩膀扛起愚公移山，宁折不弯的脊梁不坠青云之志，盘山涉涧的双脚丈量自强不息。"长风破浪会有时，直挂云帆济沧海"，那是他们燃烧的激情！"千淘万漉虽辛苦，吹尽狂沙始到金"，那是他们交给大自然的答卷！

引松工程的最终胜利，是自力更生精神的胜利。引松渠从破土动工到全线疏浚，是以前郭县委、县政府和前郭人民为主力军，在党中央的重要指引和国家有效扶持下完成建设的，其间克服的重重困难和阻力，正是自力更生精神的突出体现。

引松工程的最终胜利，是艰苦创业精神的胜利。从1976年破土动工到1984

年首闸通水，改革开放初期的前郭县粮食紧张、物资短缺、设备技术条件落后，前郭人民正是以艰苦奋斗的精神和勇敢创造的魄力，完成了吉林发展史上的重大创新。

引松工程的最终胜利，是团结协作精神的胜利。浩浩工程，汇聚了8万人的个人智慧与集体合作。5个战区、近百个工程段统一思想、分工协作，全县各地、数十个参与单位围绕大局、精诚团结，实现了移江借水的创想，为人类保护生态、改造自然环境提供了可贵样本！

这，就是查干湖人的引松精神！

风雷动，旌旗奋，是人寰。

三十八年过去，弹指一挥间。

可上九天揽月，可下五洋捉鳖，谈笑凯歌还。

世上无难事，只要肯登攀！

——毛泽东《水调歌头·重上井冈山》节选

引松工程"黄金水道"竣工之后,复活了濒临枯竭的查干湖和新庙泡。竣工后的第二年,查干湖就蓄水4.5亿立方米,湖面由原来仅存的50余平方千米,一跃扩展到420平方千米,又成为烟波浩渺的草原银湖了。

复活了查干湖,改变了前郭尔罗斯中北部地区的自然气候,也改变了这里的生态环境。除每年承担前郭灌区15亿立方米的泄水量和雨季调洪及深(并子)重(新)游区新旧干沟排水外,引松渠每年还向湖区供地表径流水1.8亿立方米,满足了查干湖的渔业养殖和湿地苇业用水需要。

根据当时吉林省环保监测部门协助调查并编制的《查干湖水体环境质量状况》资料记载,松花江水pH平均为6.79。查干湖未引水前,原湖水矿化度达2.75%,pH为10,湖水枯竭期pH达到12,其他盐类含量也很高,部分区域甚至为Ⅴ级水质,鱼类绝迹。湖区进水之后,水质明显好转,矿化度下降到1.15%,pH降到8.8,水质由Ⅴ级变为Ⅳ级。1984年,湖水结冻前,水质由Ⅳ级变为Ⅲ级,水体中浮游生物繁衍十分明显。通水前,新庙泡浮游生物数量为2347万个/升;通水后,查干湖浮游动物和藻类数为8239万个/升,生物量为3.59毫克/升,为发展渔业生产创造了极为有利的条件。

1986年,查干湖水位达到设计高程130米。湖区水面南北长度达到37千米,东西宽处达到17千米。湖岸线长128千米,总水域面积420平方千米,平均水深2.5米,最深达6米,总蓄水量达到5.89亿多立方米。

引松渠建成通水,不仅拯救了查干湖的生态危机,也为前郭县改善和发展农业生产创造了卓越条件。

首先是解决了地下水位过高的问题。前郭灌区自20世纪50年代恢复时起,泄水干渠在规划设计中共布设10条骨干工程,但受经济条件和水田开发速度等因素的影响,到1975年只建成6条,1983年又新增1条。1976年以前,前郭灌区虽然有泄水工程,但因受松花江汛期影响,江水顶托排水效果较差,起不到降

低灌区地下水位的作用，更不能降低和排出土壤中可溶性盐类，因而水稻单产不高，效益极差，灌区水田面积增长缓慢。

引松渠开挖前，灌区地下潜水位一直与灌区地表接近，在水田灌溉期尤为显著。一般此时水位距地表0.8～1.3米。这种水位每年持续到10月末，12月到第二年5月下降幅度也不大，耕地解冻慢，耕种时间短，影响水田产量。根据1986—1991年的观测数据，引松渠建成后，每年5月1日—9月1日，水田灌溉季节水位逐渐上升，到停止灌水后逐渐下降。特别是9月1日以后，水位下降给水田秋翻地带来了方便条件。从1986年开始，由于地下水位的降低，水稻单产由5800千克每公顷逐年递增，到2001年已达到10411千克每公顷，个别地块单产达到11500千克每公顷。地下水位降低后，水田盐碱化程度有所改善，水田面积也有了大幅度增加。

引松工程促进了土壤改良。前郭灌区的土壤是因松花江泛滥而在平原上发育起来的。灌区的地势平坦，有丰富的松花江水源，但因其受南、西部台地

和阶地环绕影响，形成了一个封闭型盆地，使水、盐易于汇集。同时，浅水埋藏较浅，地面径流滞缓，加之高矿化度的地下水，都为地表盐分提供了积聚条件，盐、碱、涝灾害曾严重地影响灌区农业生产。

经过灌区40多年的种稻洗盐和灌区排水渠系的不断完善，特别是引松工程完工后，种稻后的洗盐程度、排水速度都有了显著的变化，排水状况良好，洗盐时间缩短，大大淡化了土体。农业部门的检测报告表明，灌区土壤不仅盐分含量下降，碱化程度也在降低，交换性钙镁趋于上升。干、湿交替的情况有利于有机质的分解和更新，土壤结构与生物特性得到了很大改善。

引松工程为盐碱土地种稻创造了美好前景。引松渠建成后，灌区内几大干

涸的泡沼被垦为水田。由于排水畅通，尽管种稻期间地下水上升，地表或雨季暂时积水，但稻田仍呈强烈脱盐状态，周围土壤也不致次生盐渍化。全县群众开发水田的热情空前高涨，现有水田近40000公顷，近年来每公顷水田产量达10吨以上。

引松工程竣工后，生态环境得到了改善，浩瀚湖泊散发的湿气使湖区小气候发生了显著变化，降水量明显增加，带动了沿湖的穆家、八郎、新庙、蒙古屯、长山等乡（镇）粮食产量的大幅度增长。湖区周边的草原植被恢复了生机，从而使畜牧业、林业空前发展。

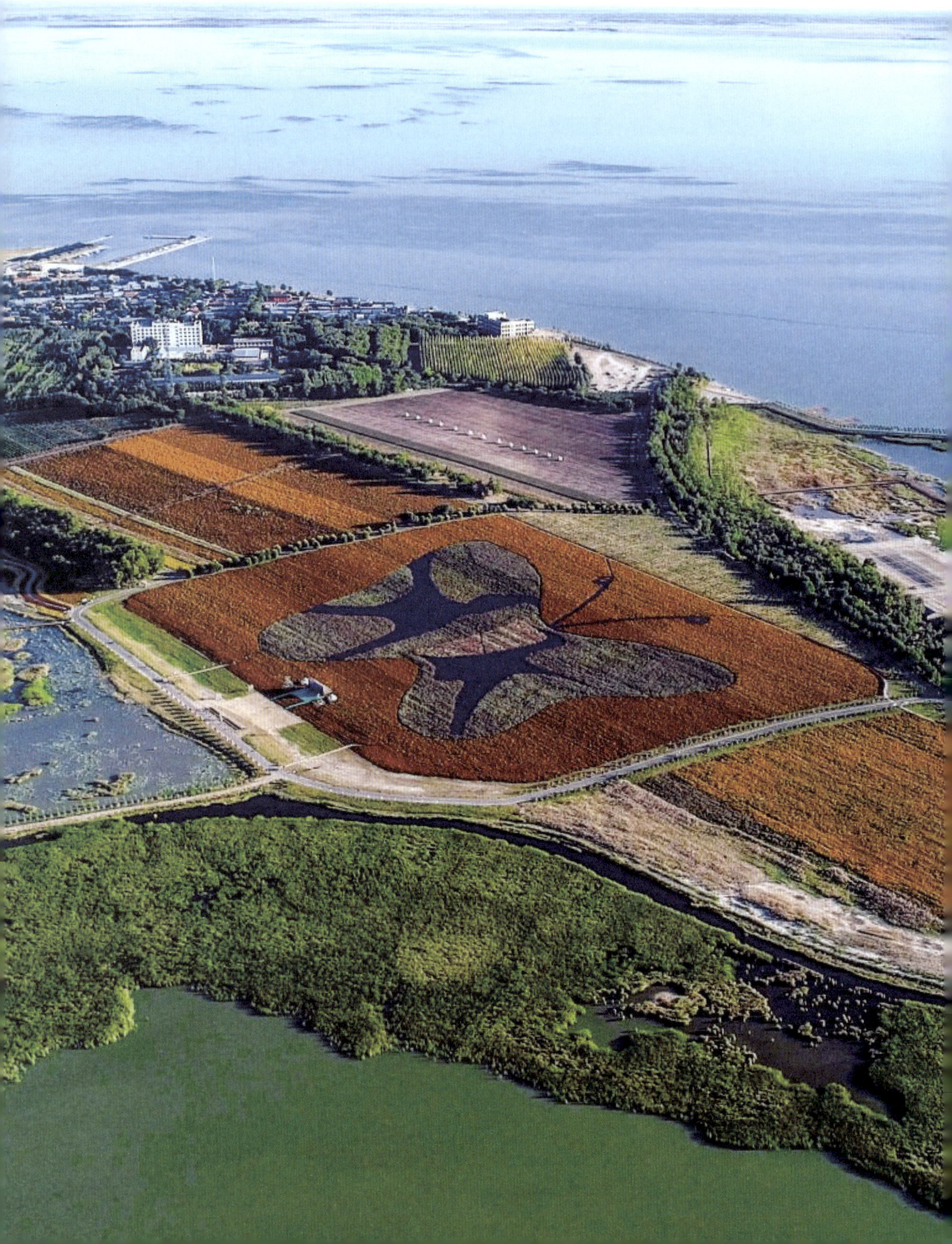

第五章 从复活到复兴要走多少路

Cong Fuhuo Dao Fuxing Yao Zou Duoshao Lu

引松成功，查干湖迎来新生。浩瀚湖泊贻贻水雾，使空气得到滋润，在查干湖终于找到这久违的味道。据气象部门的记录，引松渠通水后，20世纪80年代初期，查干湖区的年平均降水量为380毫米，通年平均降水量为420毫米。区域性小气候的明显改善，带动了前郭县中北部地区粮食产量的大幅度增长，沿湖的穆家、八郎、新庙、蒙古屯、长山等乡（镇）1982年总产量为23400吨，到1994年已增至93551吨。曾经"沙碱漫天舞，千顷良田变荒芜"的苍凉景象已成为历史，湖区周边的草原植被恢复了绿色生机，"风吹草低见牛羊"的美景再现圣水湖畔。

"清水出芙蓉，天然去雕饰"，复活后的查干湖碧波荡漾、绿水青山。得天独厚的松花江原生态生长环境使得鱼类繁殖得到极大恢复，一些新品种也在查干湖成功落户，草鱼、鲫鱼、大白鱼等鱼类驰名省内外，盛产的胖头鱼荣获中国绿色食品认定。丰美湿地成为飞鸟走兽的完美栖息之地和迁徙驿站，成为各种珍稀鸟类生活的天堂。

"西塞山前白鹭飞，桃花流水鳜鱼肥。"这是唐代诗人张志和吟画的江南景致，不过查干湖的景致也绝不逊色。青山头下，丹顶鹤群，查干花开，松江水美，再说"鱼肥"则绝对是有过之而无不及。从1984年引松首闸通水，1986年查干湖被列为省级自然保护区，到2002年成立查干湖旅游经济开发区，再到2007年查干湖被列为国家级自然保护区，查干湖的复兴之路足足走了20余年。

20余年栉风沐雨，20余年山重水复，查干湖生态的保护和开发历经这20余年沧海桑田，可谓无限风光在险峰。

第一节 为了查干湖畔不再有枪声

　　1985年，查干湖得松花江水而复活，鱼肥水美、植被葱茏。所谓"靠山吃山，靠水吃水"，沿湖百姓生活得到改善的同时，也引得前郭县、乾安县、大安市的7个乡镇40多个村屯盗捕现象靡然成风，有村屯盗捕鱼船达到百余条甚至几百条，还出现了可载数千斤渔获物的机动船只，盗捕形成产业化、规模化。短短几年，查干湖西岸和北岸插遍了盗捕的密缝网箔，用以拦截渔政执法船只。

　　实际上，查干湖盗捕乱象非一日之寒。在1962—1972年的10年间，由于人员少、装备差、资金缺、执法难等问题，当时的渔场对于查干湖渔业资源的保护措施，仅是在丰水年指派几名水面管理人员巡泡看护，管理捉襟见肘，盗捕养痈成患。

　　那10年间，查干湖畔枪声不断，先后有150名生态卫士身中枪伤，有人身体里至今还留有砂弹，有人甚至落得半生伤残！这听来不寒而栗的悲剧背后，是一幕幕惊心动魄的生态资源保卫战。在查干湖旅游经济开发区和查干湖渔业

有限公司，现在还有很多参与过那场资源保卫战的老同志，每个人都曾经直面过盗捕者的冰冷枪口，那段记忆对他们来说是劫后余生。

查干湖的渔业生产依赖于野生鱼类的自然繁殖，原生环境经不起竭泽而渔的毁灭性捕捞。到1990年年底，湖中当家鱼类种群遭到了致命破坏，鱼越捕越少，个头越来越小。当年冬捕，查干湖渔场共出动12张大网，一个月仅捕获31万千克野杂鱼，渔业资源丧失殆尽，经济效益直落谷底。

水有了，可鱼没了！查干湖渔场又一次回到了生存难继的原点，空荡荡的湖水逼着人们痛苦地思索着过去和未来。保护资源，创新发展，查干湖人痛定思痛，决定双管齐下：出重拳、下猛药，雷厉风行祛沉疴、治顽疾；开新局、求创新，千方百计谋发展、图振兴！

实现渔业经济的振兴与发展，渔政管理是首要任务。要彻底治理盗捕乱象，创造良好的发展环境，特别是要拔除黑恶盗捕势力。鉴于查干湖区保护渔业资源与治安形势的严峻性，1985年1月，经省公安厅批准成立查干湖公安分

局，定编45人，下设5个派出所，其中在查干湖设3个所，即川头派出所、青山派出所、高家派出所，各设2个分驻点。查干湖公安分局的主要职责是维护渔业秩序，保护水产资源，搞好水上治安。

由公安警察队伍和渔政人员组成的查干湖资源保护主力军在查干湖畔拉开了一场旷日持久的特殊斗争。之所以称其特殊，是因为其斗争对象、缘起理由、方式策略、时间环境都极为特殊。

面对枪口，面对少数盗捕者的暴戾恣睢，卫士们毫不退缩，以省、市、

县各级党委政府的全力支持为底气，他们缴黑枪、打三霸、压反弹，逐屯逐户进行法治宣讲，在群众中树立生态保护意识和法治意识，建立群防群治网络；他们加大措施，加大力度，转变策略，研究盗捕者违法活动规律，改变执法巡逻方式，实施有针对性的打击，使湖区渔政和治安环境逐年好转。

　　潮平两岸阔，风正一帆悬。自1985年的盗捕成风，到1996年查干湖畔枪声不再，再到2009年聚众盗捕现象在湖区绝迹，这场斗争进行了24年。今日的查干湖河清海晏、物阜民丰，其间之事谈何容易！

搞大水面开发！我国将水面传统地划分为特大、大、中、小4种，10万亩（1亩≈666.67平方米）以上的水面称为特大型水面。查干湖的面积为60万亩，就查干湖区而言，大水面养殖即是将人工繁殖、培育的苗种放养到大水面中，充分利用水体、天然饵料资源，以放养为主，将养殖与增殖相结合，以期达到发展资源，提高鱼载力和鱼产力的目的。

1960—1990年，查干湖的经营方针是"以自然增殖为主，养捕结合"，延续的仍然是单一捕捞的传统模式。到1989年，查干湖鱼类资源出现衰退，资源的恢复和发展问题亟待解决，人工投放苗种提上日程。但是，要人工放养多少苗种，适宜什么品种，投放多大比例等问题须科学研判、审慎决策。

生态保护与开发容不得"拍脑门"。经过省内专家和渔场技术人员合作测定，查干湖水体的中上层只有低质野杂鱼，几乎没有优质鱼种；底层自然繁育的鲤鱼、鲫鱼类为优质品种，但出现种群退化，也有待恢复和更新。在专家的建议下，确定以生长在水体中上层且肉质肥美、生长速度快的花白鲢鱼作为查干湖主投品种，再配以一定比例的鲤鱼、鲫鱼作为补充。

1991年，查干湖渔场在查干湖的马营泡中进行网拦暂养成鱼试验，拦网面积2万亩，总长度3500延长米，即从小青南山头到石油大坝排水站一线，围栏水域水深1米左右，底貌平坦，拦网所用的是渔政收缴的大眼网箔和淘汰的冬网拉网的小眼网片（8分眼）。5月投放春片10万千克，200万尾，鳙鱼占65%，白鲢占35%。当年10月检测，鳙鱼最大的个重0.75千克，最小的个重0.4千克，一般个重0.5~0.6千克。鲢鱼最大的个重0.6千克，最小的个重0.35千克，一般个重0.4~0.5千克。

在大型水面放养食浮游生物的鱼类是我国淡水养鱼的一个特点。实践证明，在查干湖大水面投放滤食性鱼类是可行的，是人工发展资源的一种有效措施，也是查干湖区必须坚持的养殖方向。查干湖水面放养的苗种中，鳙鱼、鲢鱼占放养量的65%～80%，其他品种为草鱼、鲤鱼、青鱼、团头鲂鱼等。在查干湖所属水域中，鲤鱼虽然可以自然产卵繁殖，但成活率很低，漂流型鱼卵的鳙鱼、鲢鱼、草鱼受自然条件限制，大水面内无法繁殖，是人工放养的主体。

查干湖渔场坚持以大水面开发发展渔业经济的思路，将查干湖水资源优势逐步转化为生态核心优势和经济竞争优势，一边不惜负债搞鱼种投放，一边多方面寻找机会解决资金短缺的根本问题。

1992年，查干湖迎来新的转折点。经过水库管理局协调，查干湖渔场接受风险、顶住压力，向农业银行举债553万元，购进并投放各类苗种65万千克，开创了省内首家大水面开发、人工增殖放流的先河。当时几乎把东三省的鱼苗全都买光了，并决定封湖两年涵养。

保护鱼种资源成为振兴查干湖的重中之重。渔场上下统一思想，协调一致，挑选了一批高素质青年进行培训，成为水上警察，提高知法和执法水平，全场25名警察全部着警服，有17名警察配有五四式或六四式手枪。公安派出所的警察和渔政人员合署办公。各所分管的水域实施划片管理，各所配备了巡逻用快艇、三轮摩托车、无线对讲机和望远镜等设备。重点区域配备了吉普车、大机船和红外线夜视仪等水陆交通工具和通信工具，方便巡逻和监控。

1993年，查干湖公安分局将办公地点迁至湖区，靠前指挥并直接到前线维护渔业秩序，保护水产资源，整顿水上治安。渔场领导干部面对违法盗捕人员的真刀真枪，敢抓敢管，大刀阔斧，昼夜巡逻，身先士卒，与警政人员一起冒严寒、耐酷暑，首先以乾安、大安、前郭三县交界水域为突破口，重点整治，重拳出击。违法盗捕行为得到遏制，削弱了盗捕者的嚣张气焰。

1995年，渔场对渔政人员严格要求，建章建制，对违反规定的不留情面，不徇私情，重罚重处，经过两年不懈努力，在内部树立了正气，很快使渔政人员的管理走向正轨。

新闻媒体刊登查干湖枪声四起、盗抢不断的报道，引起了社会各界的广泛关注。各种禁枪规定相继出台。1996年6月，查干湖水库管理局、查干湖渔场、查干湖公安分局分别向上级有关部门反映盗捕情况后，时值《枪支管理法》《吉林省五年禁猎条例》的颁布实施，通过切实有效的工作，湖区枪支泛滥问题基本解决。铲除了湖区治安的最大障碍后，武装对抗渔政执法现象减少。湖区渔政秩序明显好转，1999年撤销了湖区派出所，警察基本转为渔政编制，从事渔政工作。

一分耕耘，一分收获。通过强化管理，多措并举，到1997年，全场职工在渔场领导班子的带领下，全年捕鱼1350吨。冬捕时，湖中的鳙鱼、鲢鱼重7.5～8.5千克的比较普遍，最大的个重已达11～12千克，鱼产量和质量取得极大突破。久违的丰收不仅让渔场还清了贷款，还贡献税金105万元，企业盈利210万元。

查干湖大水面开发的实践与成果，得到了上级领导和有关部门的充分肯定。1994年，在全省财政工作会议上，查干湖渔场作为全省农牧系统扭亏增盈的典型，在大会上进行了分享。省、市农行在全面考核后，以市农行的名义赠送一块"信得过企业"的牌匾。中央电视台、吉林电视台分别在《新闻联播》《吉林新闻》《八点纪实》和《经贸大观》等栏目中对其作了专题报道。

查干湖自实施了大水面开发（养殖）工程后，其方针也发生了质的转变，即由过去的以"自然增殖为主，养捕结合"转变为"以人工投放为主，自然增殖为辅，加强管理，合理捕捞"。大水面开发的实践，使渔场职工认识到，只有加大资源投入，坚持人工投放，企业才能走出低谷，步入良性循环的发展轨道。

复活后的查干湖，跻身全国十大淡水湖之列，也成了吉林省内最大的天然湖泊和渔业生产基地。这一巨大的水库，改变了前郭县中北部地区的自然环境，也改变了这里的生态环境。如今的查干湖，经过十余年的人工投苗，真抓实干，科学管理和自然增殖，鱼类资源发展到15科68种，以鳙鱼、草鱼、鲢鱼、鲤鱼、鲫鱼等构成主体鱼，同时还有相当数量的鳌花鱼、武昌鱼、太湖银鱼等。

查干湖渔场各项工作都取得了快速发展，湖区广大职工的生活得到了明显提高，家家住上了砖瓦房，户户通了电话，彩电、摩托车、移动电话等现代化设施已经普及，一些职工还购置了小汽车，这在当年已经领先了同类渔场。

正当渔场领导班子踌躇满志、意气昂扬，要在市场经济的浪潮中与时俱进、踏雪寻梅，将查干湖生态保护和经济发展推向更高目标的时候，连续3次的灾害让查干湖再陷绝境。

第二节　最后的考验：三次大灾害

水满则溢，月盈则亏。引松工程复活了查干湖，改善了生态环境，也为农业生产创造了有利条件。但当霍林河、嫩江、松花江同时遇到洪峰涨水的时候，对于查干湖来说，可怕的洪涝灾害也就随之而来了！

1998年特大洪水是继1931年和1954年后，20世纪发生的又一次全流域型的特大洪水；嫩江、松花江更是遭遇了300年、150年一遇的超级大洪水的袭击。有资料记载，自1998年7月10日以来，先后有4次嫩江洪峰通过前郭江段，连续超过警戒水位40多天，流量一再突破有水文记录以来的历史最大值。1998年8月15日凌晨3时，第三次洪峰水位达到133.39米，超过设计水位1.29米；流量达到16100立方米每秒，超过8810立方米每秒的设计流量几乎1倍。霍林河也相继发生了7次洪峰，其中5次超过了历史最高纪录。来自洮儿河三顶召分洪、霍林河和嫩江倒灌的3处洪水使查干湖水库水位达到132.02米，相应库容量达18亿立方米，超设计水位2.02米，超库容12亿立方米。

整个查干湖连同周边村落被吞没，变成一片汪洋，道路被摧毁，林木被折断。随着惊恐跳跃的鱼群被洪水裹挟着不知道去向何处，引松工程的尾闸也被污浊的洪水侵蚀，汽车同样被洪水席卷，能够在水面行进的只有冲锋舟。

8月14日，传来黑龙江省泰来县嫩江大堤决口的消息。吉林省抗洪抢险领导小组连夜召开紧急会议，提出"舍西保东"的战略决策，适当放弃西部一部分农田以保住东部大部分地区，从而把灾害损失降到最低程度。

根据嫩江、洮儿河水位消落的情况，在专家的建议下，吉林省抗洪领导小组决定及时向江河排水。8月26日，查干湖作为水利枢纽工程，主动扒开查干湖粮店大坝敞口泄洪，外溢的洪水直接威逼沿岸47个村屯，丰收在望的庄稼被吞噬，沿湖百姓生命安全岌岌可危，嫩江大堤前郭段频频告急，险象环生。

洪水一泻千里，查干湖四面楚歌，查干淖尔引松精神又一次力挽狂澜。面对严峻的抗洪抢险形势，查干湖科学安排，周密部署，调动全区力量，全面展开抗洪抢险工作。根据防汛工作实施方案，查干湖对抗洪抢险任务进行了明确分工，落实责任；积极与省、市、县防汛抗旱指挥部建立长效沟通机制，掌握汛情动态和工作进展情况；完善值班值守和汛情通报制度，确保24小时有人值守、通信畅通。负责值守和信息保障的同志在抗洪抢险的十几天里和衣而卧、夙夜在公，密切关注邻近地区的水情和嫩江水势，对区内所属水域水位及天气、上游水位、流量等相关情况及时总结整理，报送市、县防汛指挥部和各相关单位，为防汛指挥部和前线指挥部决策提供第一手材料。

查干湖各渔场的干部职工闻"汛"而动，抗洪抢险，在嫩江国堤和穆家乡涝区两大战场，同人民群众和解放军官兵一起筑起钢铁闸门，共同谱写抗洪赞歌。他们拥有共同的信念：要守住堤坝，要守住沿江沿湖的群众生命线，要守住得来不易的生态建设成果！

他们在危险四伏的堤坝上往来穿梭，在机械轰鸣声中阻击洪水拍岸；他们与奔腾呼啸的江水为伴，提着手电筒彻夜巡检，以防险情来袭措手不及。

面对1998年百年不遇的洪水，为确保上游及周边人民群众生命财产安全，渔场主动扒开粮店大坝泄洪，做出了巨大牺牲

当汹涌的嫩江、洮儿河、霍林河水漫过查干湖向周边乡屯涌来时，他们在前线战场一夜之间筑起了长25千米、宽4米、高2米的生命堤坝；当洪水肆虐漫过堤坝，漫过农田，漫到村庄，他们冲进危险之中指挥群众转移，为百姓生命保驾护航。

1998年8月30日晚，吉林省抗洪抢险领导小组正式宣告"98抗洪抢险取得了最后胜利"！然而，百年不遇的洪水让平凤、长山、八郎等乡镇的民堤全部被淹没，长山余热鱼苗繁殖场、库里渔场大部分鱼池被冲毁，七家子村民房和耕地灾情甚重，断壁残垣、山林残迹，满目疮痍。洪水退去时，查干湖区周边堤岸、田地、村庄里到处是5千克多重的鱼骸，经济损失过亿元。在这场特大洪水中，查干湖区鱼类资源、林田资源，连同查干湖人十几年的心血被卷携而去。

自引松工程疏浚，查干湖人和衷共济，披荆斩棘根除非法盗捕，励精图治探索大水面开发（养殖）实践，卧薪尝胆十二载，直到1997年才蹚出了一条"以人工投放为主，自然增殖为辅，加强管理，合理捕捞"的特色发展之路，却都在这场气势汹汹的洪水中付之东流。

更为惨烈的是，褪去狰狞面目的洪水并不打算停止罪恶的毁灭，它戴上另外一副阴冷面具，向查干湖的生物群张开血盆大口。1999年，鱼类的大疫来了！

洪峰过境水位上涨，使大量垃圾和漂浮物积聚在湖边水域，清澈的水体混浊腐臭，枯枝落叶夹杂着白色塑料、泡沫、生活垃圾，还有大量鱼骸和被洪水淹死的猫狗尸体……

水环境持续恶化，有害病毒、细菌、寄生虫大量滋生，各种细菌及其他病原微生物随水流动，肆意繁殖，导致传染疾病大量传播，致使查干湖内各种鱼类发生严重鱼虱（鱼体寄生虫）病情，鲤、草、鲢、鳙四大鱼群均有不同程度灾情，鱼病频繁发生。

查干湖的大水面湖泊无法使用药物防治，只能依靠水系的自我净化能力，通过缓慢流动来净化水质，维护水体生态平衡，这导致疫病威胁将长时间存在，直接影响湖内鱼类和其他水生物的存亡！

为了在最短的时间里改善查干湖恶化的水环境，最大可能缩短疫病周期，渔场采取人歇船不歇的办法，24小时不间断人工清理湖中的脏污狼藉，并用生石灰进行消毒处理。但在实际执行的过程中，渔场职工们是人不歇船不靠，运输垃圾的车辆日夜兼程穿梭于湖区与垃圾场之间。

查干湖水在人类的救护下加快了自我净化的节奏，残败的湖水以肉眼可见的速度慢慢苏醒过来，但却再看不到那些肥美鲜活、快乐成伴的鱼群和慕名而来的飞鸟们，只看到查干湖人脸上的悲伤和眼里的泪水。查干湖和她的鱼儿们是查干湖人的希望，查干湖人是查干湖和她的鱼儿们最值得信赖的朋友，她和他们相互对视、凝望、婆娑，朦胧，那是她和他们对于未来的深情。

但是，又只能但是。2000年冬天，一场史上罕见的暴风雪从天而降。

雪灾，在中国北方，蒙古族称之为"白灾"。2000年12月—2001年2月，岁弊寒凶，雪虐风饕。鹅毛大雪遮天盖地，查干湖畔的老人们从没见过这么大的风雪，一夜之间就把家家户户的房门都顶住了，茫茫之中寸步难行。

查干湖冰面的大雪平均厚度达到30厘米，除了降温和结冰的双重影响外，还造成湖中藻类的光合作用受阻。由于水中89%的溶解氧来源于水中浮游植物的光合作用，而冰面上厚厚的积雪严重阻挡了阳光进入水中，大大降低了水中浮游植物的光合作用，使生物增氧的能力降低，加快了结冰越冬湖中溶解氧的消耗速度，发生缺氧的概率更大，因此大雪覆盖湖面对于鱼类来说是致命的。如不能及时清除，将会导致大量鱼类因缺氧而窒息死亡，给渔业生产造成重大损失。这场史无前例的大雪给鱼类的安全带来了非常严重的影响。

查干湖渔场立即投入大量的人力、物力、财力，采取清雪措施。由于冰面面积太大，渔场雇用吉林油田分公司的清雪车和渔场职工一起清理冰面积雪。

清雪车像是奔忙的蚂蚁在冰面上昼夜搬运,往复穿梭,渔场职工们则像是在田间辛勤劳作。渔场使用增氧设备人工向冰下增氧,确保鱼类能够安全越冬,也为未来撒下希望的种子。

连续三次灾害让查干湖生态环境和渔业发展遭遇了比20世纪70年代生态危机更为严重和猛烈的冲击。查干湖再一次向人类呼救!查干湖人又一次以他们的善良、执着、自力、勇敢和团结向大自然表达了善意,尽管它以疯狂的方式摧枯拉朽地几乎毁掉了他们的努力和希望。

"日月所照,梯山航海,风雨所均,削衽袭带。"查干湖振兴之路山高水险,查干湖人的引松精神再启征途……

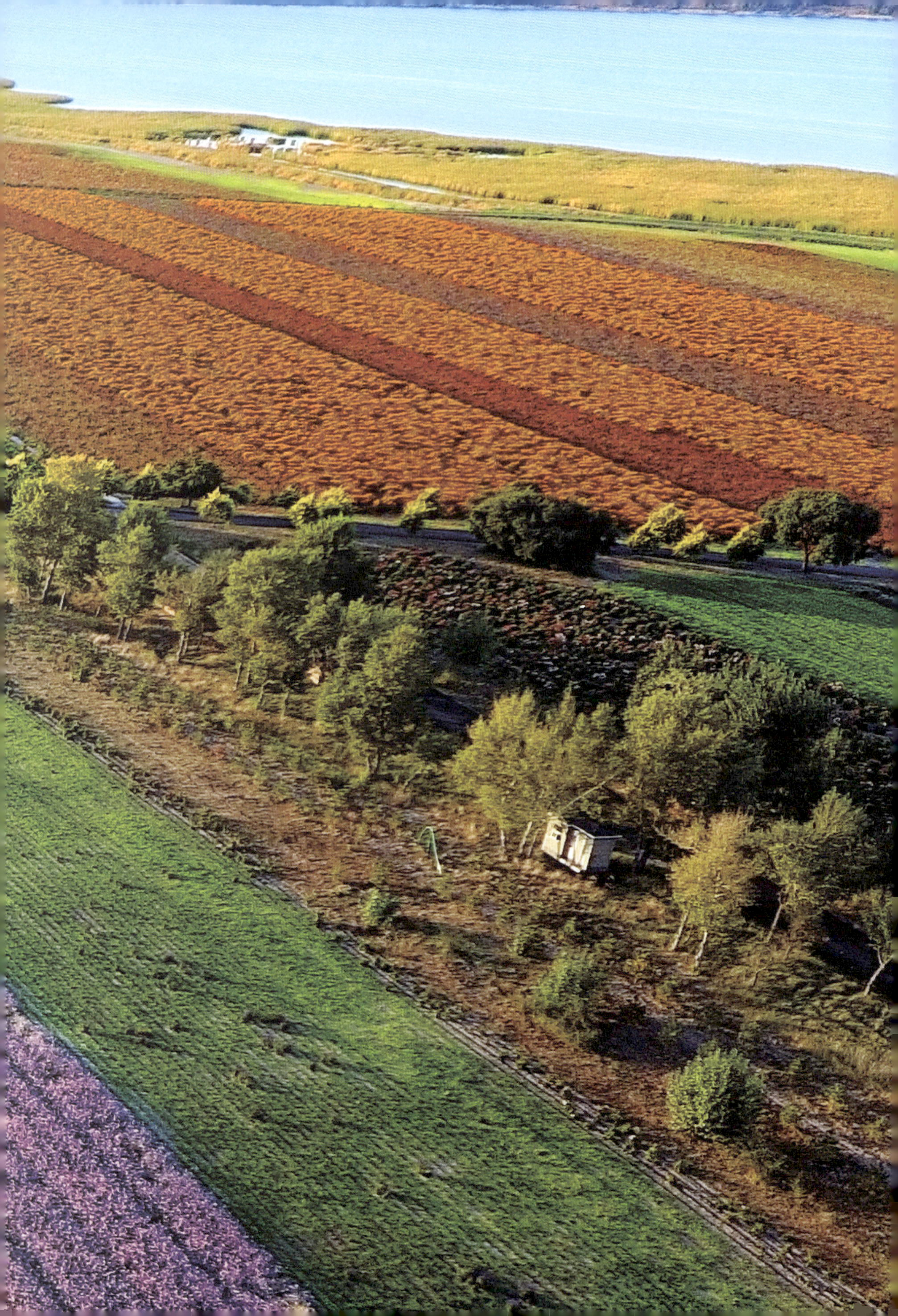

第六章

像保护眼睛一样保护自然和生态环境

Xiang Baohu Yanjing Yiyang Baohu Ziran He Shengtai Huanjing

"青山不墨千秋画,绿水无弦万古琴。"古今中外无数经验证明,任何一项千秋事业的成功必是任重道远,也因此历久弥坚。生态环境保护和生态文明建设事业更是如此。

要清醒认识保护生态环境、治理环境污染的紧迫性和艰巨性,清醒认识加强生态文明建设的重要性和必要性,以对人民群众、对子孙后代高度负责的态度和责任心,真正下决心把环境污染治理好、把生态环境建设好,努力走向社会主义生态文明新时代,为人民创造良好生产生活环境。

纵然来路千磨万击、艰苦卓绝,查干湖人对母亲湖的深沉挚爱从未怯懦,他们依然坚定"在保护中开发,在开发中保护"的指导方向,发扬引松精神,义无反顾,再度踏上创业之路。

第一节 大水面开发：让查干湖水美鱼肥

"雄关漫道真如铁，而今迈步从头越。"大水面涵养的成功经验，让查干湖人对未来有了底气。1999年，洪水灾害过后，渔场再次融资贷款实施第二轮的大水面开发工程，又一次性地大规模投放苗种养殖增殖。

此时的经营方针修正为"以人工投放为主，自然增殖为辅，强化管理，科学捕捞"，并对捕鱼的网具进行了改革升级，把之前使用的1寸小眼网换成了6寸的大眼网，这种做法能确保捕到的鱼都是个体较大的多年生鱼类，做到捕大留小，科学捕捞，并且坚持每年投放鱼种，形成良性循环，让鱼类资源可持续发展。

经过数年观测、研究和科技投入，在专家指导下，渔场逐步探索出利用调剂品种投放和灵活调度人工捕捞生产的可行方法，不仅解决了水体鱼类种群生态平衡问题，实现了渔业资源由低劣种类向优质种群结构的过渡，还实践摸索出了水面动态涵养的科学路径，破解了投放、涵养、捕捞互相制约的问题，化制约关系为互补关系，根本性提升了生态培育效率和质量；通过创新实验，攻

克了大水面开发作业的网具改造和捕捞技术改进等一系列难题，并在此基础上，科学地制定了一整套涉及整个大水面开发渔业生产流程的规章制度和管理办法。

开发建设总面积1000余亩的53块鱼池，池塘全部以承包形式发包给鱼苗养殖专业户，成为苗种养殖基地，一步到位解决了查干湖鱼苗培育科学可持续和种群结构性、代际性等多个关键问题。

自强不息，天道酬勤。2002年前后，查干湖终于迎来了黄金发展期！

经过十余年的自然增殖与人工投苗和科学管理，鱼类资源发展到15科68种，以鳙鱼、草鱼、鲢鱼、鲤鱼、鲫鱼等构成主体，同时，还有一定数量的鳌花鱼、武昌鱼、太湖银鱼、美国大口胭脂鱼和美国加州鲈鱼。查干湖出产的鱼，由于在纯天然状态下生长，无任何污染。2001年5月，其盛产的胖头鱼获得中国绿色食品发展中心A级产品认证；2002年11月，获得AA级绿色食品认证和使用绿色食品标志许可，成为全国第一个获淡水鱼AA级认证的绿色食品；到2003年7月，由北京中绿华夏有机食品认证中心认定为有机食品。查干湖胖头鱼

年年有鱼，年年有余　鱼肥水美查干湖

已销往北京等国内部分大中城市，并成为紧俏商品。

鸟类在国家禁止捕猎法规和工作人员的依法保护下，已发展到15目34科116种，陆生脊椎动物发展到4纲22目49科147种。湖区和湿地野生植物达200多种，沿湖浅水域芦荻、蒲草丛生，茂密葱绿，四野芳菲，成了珍禽异兽的乐园。

2002年1月，前郭尔罗斯查干湖旅游经济开发区成立，为查干湖的发展注入了蓬勃之力，加大了旅游产业的开发力度。同年7月举办"吉林查干湖首届蒙古族民俗旅游节"，12月举办以"走进查干湖，体味冬捕情趣"为主题的"吉林查干湖首届冰雪渔猎文化旅游节"，冬季冰雪那达慕、冰上观鱼、冬捕奇观文学笔会、马拉爬犁大赛、"渔家乐"联欢会等十几个具有独特风采和民族特色的活动项目，点亮了查干湖满蒙文化的神秘之光。到2002年年底，旅游事业得到了空前的发展，已完成旅游建设项目20余项。查干湖旅游区确定了集自然风光、文物古迹、民俗风情、宗教文化于一体的"T"形旅游发展格局和"五

区、八胜、二十四景"的空间框架，建成了民俗村、度假村、郭尔罗斯博物馆、鸿鹄公园、伯彦敖包、雕塑群、查干淖尔广场、妙因寺、查干湖码头和查干湖湖标等人文景观，拓宽了区内公路，修建了沿湖路，通信、邮电信息产业全面开通，形成了南联北拓、东进西挺的区位优势和交通优势。旅游区按照总体发展规划进行建设，并形成规模，2002年实现旅游经济综合收入2亿多元。

在农业生产方面，截至2002年年底，全县水田面积发展到4万公顷。水稻获得了大幅度增产，平均每公顷产量超过10吨。灌区人民群众生活水平显著提高。吉林省著名的前郭灌区莲花泡机械化示范农场盛产的莲花牌大米，当时已被国家质监部门认证为中国第一号绿色食品，并打入国内外市场。

查干湖之"国色天香"惊艳于世，查干湖人将25年保护自然、改善生态

的如歌历史娓娓道来。在塞北风光的博大浩然中，引松精神的洪钟大吕之音响起。

2005年，查干湖旅游经济开发区在查干湖畔投资修建了引松广场，并在2006年9月举行了盛大的引松工程纪念碑揭幕仪式，以此来向引松工程的决策者、参与者们致敬！

纪念碑的碑高21米象征着"引松渠"修建于21世纪，总重量76.95吨意为引松工程正式开工的日期是1976年9月5日。碑体由3个大大的"人"字形汉字造型组成，白钢浪花造型喻为三江聚汇，铁锹造型、马头琴造型与浮雕相结合，象征着全县蒙汉兄弟万众一心、勠力同心建设引松工程的山河之誓。正前方打造了一组人物群雕，惟妙惟肖地刻画了引松工程建设者们手挖肩扛的劳动形象，群雕背后约2米高的浮雕板把整个纪念碑围了起来，每块浮雕板上都栩栩如生地

还原了当年引松工程的劳动场景。

　　这组雕塑的名字叫作《铭记》。此时此刻的查干湖灵秀俊美、水墨如画，她铭记着每一张勇毅的面孔、每一幅真实的画面和每一个激动人心的时刻。查干湖复兴故事恒久流传，查干淖尔红色精神经久不衰。

　　如今，引松工程纪念碑已经成为前郭县的红色教育基地，成为前郭尔罗斯的精神图腾，成为查干湖人的文化基因，成为查干湖景区的重要地标，向世界讲述丹心碧血的查干湖生态奋斗史，向后来人吟诵时代传承的铮铮之音：为有牺牲多壮志，敢教日月换新天！

第二节 办"两节"：生态保护与生态旅游协同发展

创业初成的查干湖人没有理由停下脚步，他们升级发展理念，坚持生态保护开发与生态旅游协同发展，创新查干湖品牌营销体系，走出一条适合查干湖可持续发展之路。

一年"两节"的成功举办，是查干湖生态文化品牌建设的问路石，是对新发展理念的小小探索。

查干湖渔场在坚持大水面开发的同时，将品牌营销、旅游拉动作为企业发展战略，干成了3件大事。

第一，开发建设了标准化千亩精养鱼池，有了自己的育种基地。基地每年为渔场定向培育近百万斤苗种，可以满足渔场逐年投放需求。经过十余年的自然增殖与人工投放鱼苗和科学管理，查干湖鱼类资源逐年丰富。从1980年鱼产量约150吨，到2001年已增长到年产量约4000吨，2007年至今，每年鱼产量约5500吨。

第二，2002年"查干湖"品牌在国家工商总局成功注册，同年11月，获得中国绿色食品发展中心AA级绿色食品认证和使用绿色食品标志许可，成为全国第一个获得淡水鱼类AA级认证的绿色食品，到2003年7月，由北京中绿华夏有机食品认证中心认定为有机食品。中国绿色食品发展中心将吉林省查干湖认定为绿色食品生产基地，并授予"中国名牌农产品"称号。为保证品牌信誉和生产适销对路的产品，渔场请专家精心设计，推出了"查干湖"牌5个系列30多个商品鱼新品种，以满足市场的需要，并投资建设了3座冷储库和1座鲜鱼加工厂。

第三，实施旅游拉动。挖掘查干湖渔业深层次文化内涵，包装打造以查干湖冬网生产为核心内容的旅游产品"冬捕奇观"，成功举办8届冬捕节，以辽金文化、满蒙民俗为载体，借助流量传播效应，使查干湖及其鱼产品蜚声远播。

冬捕节期间，吸引了我国央视一套、二套、三套、四套、七套、十套、新闻频道、少儿频道，台湾东森，香港凤凰卫视等国内媒体，以及日本、韩国等国外媒体前来宣传报道。

其中，对渔把头文化的神秘性溯源和技术性传承是最为成功的品牌推广案例。

关于渔把头的神秘，有一个查干湖神的传说。相传，查干湖边的小屯住着祖传六辈的渔把头，姓孙。或许是时运不佳，他接连三年打空网，赔了本还丢了信誉，有钱的大户都不敢用他当把头。穷朋友们不服气，撺弄他合伙租网打一场，他活心了，也想争争光，七拼八凑合伙租了一趟网。冬月初八这天，孙把头下令装车，车到家门口，他跳进猪圈把自家过年用的猪抓住扔到车上就出发了。不料几挂大车，三绕两绕竟然走到一个沙坨子里。大伙正发愣，忽然前面有喇叭声。一看沙坨子下边的湖面上来了一伙人。前面打着执事，后面有花轿，还有骑马的。就听来人喊："前面什么人？"孙把头一愣神，心想这是谁家跑冰上来娶亲？心里一激灵："啊？河神爷？！"他连忙下车，脱口喊道"我们是给老爷贺喜的"，随即叫人把猪抬上，机灵的小股子抖开鞭就放。只听对面骑马的官员说："好啦，难得你们有这片心。你们也挺紧巴的，猪拿回去吧。你们从这下去下梢子，给你们一点儿赏，回去办办年吧！"说到这，孙把头他们眼前一黑，然后发现面前的人都消失了。于是，他们走下沙坨子，开始下梢子，等大拉网一看，干查查、黑乎乎，网里全是大鱼。孙把头一网而红，从此扬名立万。

而关于渔把头的技术性传承则成功地挖掘、保护和推出了代表性传承人物石宝柱。

石宝柱15岁就跟随师傅学习与冬捕相关的各种技艺。从最开始作为"小打儿"（干杂活的），替师傅在风雪中送网旗，学习如何在不辨方向的冰原中寻

"渔把头"第十九代传人 石宝柱

路，到后来作为渔把头带领大家祭祀湖神、插旗定窝，70年间，他每年冬天都去冰上讨生活，还没等农村开始收割庄稼，便已经开始准备贡品、置备网具、提醒赶车的给马加料养膘。查干湖冬捕在每年冬季12月中旬到次年1月下旬进行，每年冬捕前，都要举行祭湖醒网仪式，祭祀查干湖，唤醒沉睡的大网，随后开始紧张而又繁忙、艰苦而又快乐的冬网捕鱼。

从15岁捕鱼到23岁成为渔把头，石宝柱是查干湖冬捕习俗的传承人和见证者，也是冬捕活动的主导者。他了解查干湖冬捕生产的各个环节，指导、操作每一个工序，处理生产中遇到的各种突发问题。他掌握着在冰上找鱼的绝技，凭着丰富的经验和寻找鱼群的好眼力，在几百平方千米冰上一走，就知道哪里有大片鱼群。

他将全体渔工分成4个作业组，每组由一位老渔把头带领60多人，将近2000米的大拉网通过凿开相隔15米的冰洞，用穿杆、扭矛和走钩的办法，在50多厘米厚的冰层下慢慢舒展成一个硕大的"包围圈"。几个小时后，就可以扬鞭催马，拉动绞盘，拽着大网从冰洞缓缓而出，两旁的渔民手持挠钩，期待着万尾鲜鱼出玉门的壮观场面。

2019年，查干湖冬捕的标志性人物87岁的石宝柱去世，他的徒弟张文成为

年年有鱼，年年有余　鱼肥水美查干湖

查干湖第二十代渔把头，完整继承和传播了渔猎文化，还得到了习近平总书记的亲切接见。

抓实科学管理生产创新，推动绿色标准化认证，深挖文化赋能，三件大事不仅拉动了渔业经济的内涵发展，还将产业链条向首尾两端延伸，为查干湖未来渔业产业发展找到了新路径。

从2002年开始，"中国·吉林查干湖蒙古族民俗旅游节"和"中国·吉林查干湖冰雪渔猎文化旅游节"规模逐年扩大，丰富多彩、充满浓郁民族特色的活动项目，使查干湖品牌影响力逐年增强，前来参加"两节"的游客达百万人次之多。随着游客流量逐年增长，查干湖产值也获得逐年突破，品牌营销形成了良好的反应链。

充满神秘色彩的妙因寺开光大典，蒙古族特色鲜明的查玛舞表演、草原敖包祭祀会、蒙古族婚礼歌舞表演、蒙古族琴调大赛，蒙古族歌曲大会、蒙古族

器乐演奏会，民族特色与现代时尚相结合的查干湖形象小姐大赛、郭尔罗斯风情摄影大赛、钓鱼大赛等几十项风格各异的活动项目将查干湖"两节"演化为中国冬季时尚文化高地。

"冰上观鱼一日游"让游客看到冬网捕鱼的全过程：下网、穿杆、行网、出鱼。游客可参与捕鱼作业，体验冰上渔家的乐趣；可冰上自选鲜鱼，利用冰雪渔猎文化旅游节提供的氧气袋盛装活鱼，也可以到场区各种鱼馆现场炖鱼，品味头鱼宴的味道；实地到场，零距离地观赏查干湖千里冰封的奇特景观。沉浸式体验型营销方法与查干湖冬捕文化完美融合，成为生态旅游营销经典案例。

2002—2007年，随着查干湖旅游产业的不断发展，央视主流媒体的强势宣传，查干湖的知名度越来越高，查干湖胖头鱼的"身价"不断攀升。2005年，查干湖冬捕节以"规模最大的冬网捕鱼"荣获上海大世界基尼斯之最，当年个重5千克以上的胖头鱼最高售价为每千克60～70元人民币。2006年查干湖冬捕节，以单网10.45万千克的产量载入世界纪录。2008年，查干湖冬捕节再次刷新纪录，创造了单网16.8万千克新的世界纪录。被捕捞上来的头鱼寓意吉祥好运，预示着红红火火、年年有余，历年来都是查干湖冰雪渔猎文化旅游节上受到争抢的彩头。许多文艺界、体育界名人都曾夺得过头鱼，并通过微博等社交媒体分享查干湖冬捕的盛况。头鱼价格也从2002年第一届冬捕节的888元飙升到

2022年第二十届冬捕节的2999999元。2022年起，查干湖设立查干湖生态环境保护慈善基金会，建立头鱼拍卖款项专用账户。热心商企通过拍卖查干湖头鱼所捐献的善款，全部用于购买查干湖增殖放流的鱼苗，以此慈善行为助推查干湖的生态环境保护工作，取之于湖，用之于湖，推动查干湖渔业的良性循环可持续发展。

与此同时，查干湖从靠自然增殖、单一捕捞的传统渔业走向养殖、增殖并重的生态渔业。为了更好地保护来之不易的生态环境，加强生态环境建设，多年来，查干湖治理湖岸崩塌，拯救周边植被，恢复与保护野生鱼类浅水域排卵场，成立鸟类保护救治中心，防控沿湖周边围湖造田，修池养鱼，严格执行景区建设规划，拆除违规设施，使旅游业发展与自然生态保护工作相和谐。这一系列的举措赢得了社会各界广泛的认可和赞誉。2007年8月1日，查干湖经国务院批准列为国家级自然保护区。

到2007年，查干湖成为各种禽鸟的栖息地，鸟类已发展到16目17科274种，两栖类动物1目3科4种，爬行类动物3目3科5种，兽类5目12科25种，昆虫类16目112科364属446种，植物资源共有74科426种。查干湖沿湖浅水域芦苇、蒲草丛生，茂密葱绿，田野芳菲，成为珍禽异兽的乐园。每到五六月间，从南方各地陆续飞来的鸟类，使这里成了鸟的世界，而到秋冬季节来临时，这里的野鸭便集结成群，在湖面上飞翔，呈现出大自然的奇妙景观。

查干湖以未受任何污染的丰富的水产资源，成为我国东北三省最大的内陆淡水商品鱼基地和国内第一家淡水鱼类绿色有机食品双认证的基地，以丰富的自然资源和众多珍禽被确定为国家级自然保护区，以优美的自然景观和人文景观跻身于国家4A级旅游度假休闲胜地。查干湖冬捕以我国北方唯一传统捕捞方式的冬捕作业被确定为国家级非物质文化遗产，被誉为"吉林八景"之一。查干湖渔业经济的快速发展，已不是简单的渔业生产，而成为具有强大辐射能

力、可带动诸多产业发展的实体经济。

　　重整旗鼓二次创业的查干湖人并未止于曾经的成功经验，故步自封，低头赶路，而是对生态环境保护与开发进行了大局观和发展观的价值判断，对生态环境可持续发展与生态文明建设的重要性进行了顶层思考。难能可贵的开放思维，将查干湖生态资源培养方针与生态产业发展规划和人居环境治理目标协调统一；严谨务实的科学思维，将查干湖生态环境保护与开发和生态结构多样性与持续性统筹兼顾；与时俱进的创新思维，将查干湖生态建设提质增效、科学发展和人与自然和谐共享绿色成果紧密契合。查干湖鱼类繁殖、鸟类栖居、人居环境取得重大进步。创新、协调、绿色、开放、共享的发展理念得到初步实践。

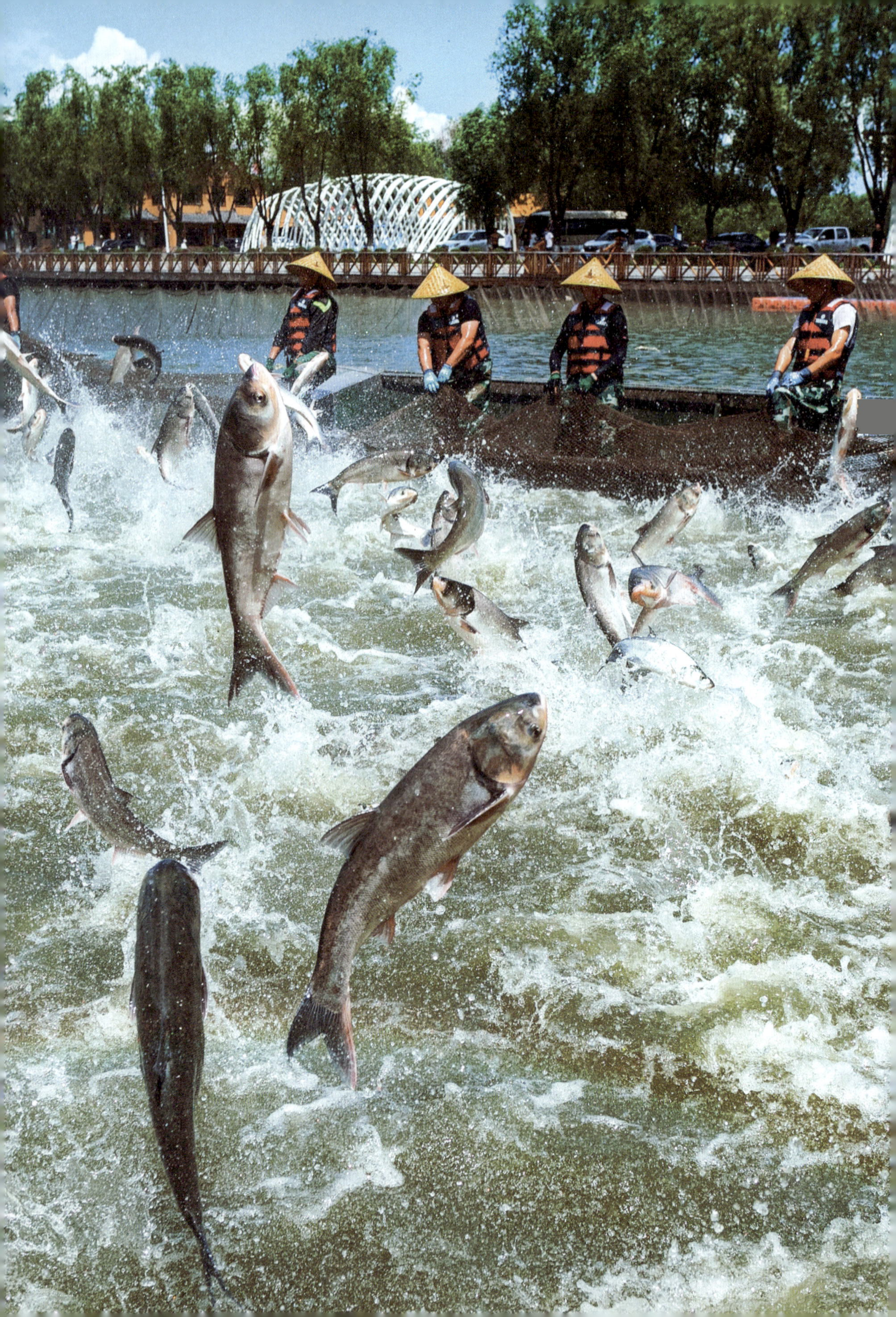

第七章

当一个城市有了绿水青山

Dang Yi Ge Chengshi You le Lüshui Qingshan

2018年9月26日，是松原建市以来最值得铭记的日子，也是查干湖无上荣光、载入史册的日子——中共中央总书记、国家主席、中央军委主席习近平来到查干湖，了解生态保护和渔业生产情况。

这天下午，查干湖水静谧幽深，在骄阳的映照下波光粼粼。习近平总书记乘"查干湖九号红船"察看水域保护和污染防治状况，登上捕鱼浮桥，热火朝天的捕鱼场景跃入眼帘。渔工师傅们在查干湖第二十代渔把头张文的带领下，正在进行明水捕鱼。网收鱼跃，随着渔网越来越小，鲜活的鱼儿纷纷跃出水面，圣湖腾鱼，蔚为壮观。

习近平总书记同渔场职工们亲切交谈。他强调，绿水青山、冰天雪地都是金山银山。保护生态和发展生态旅游相得益彰，这条路要扎实走下去。他祝愿大家"年年有鱼，年年有余"。

党的十八大以来，查干湖经济开发区深刻领悟贯彻习近平生态文明思想，调整产业结构，通过制度建设与法治保障解决生态和发展的关系问题，完成发展理念的升级，着力生态文明建设同政治建设、经济建设、文化建设、社会建设统筹发展，实现了跨越式发展。

第一节　在保护中开发，在开发中保护

在全国生态环境保护大会上，习近平总书记提出了新时代推进生态文明建设必须坚持的六项重要原则：坚持人与自然和谐共生，绿水青山就是金山银山，良好生态环境是最普惠的民生福祉，山水林田湖草是生命共同体，用最严格制度最严密法治保护生态环境，共谋全球生态文明建设。

优质的生态环境是查干湖发展的根基，未来如何打好生态这张牌，查干湖人没有忘记历史的教训：发展经济不能对资源和生态环境竭泽而渔，生态环境保护也不是舍弃经济发展而缘木求鱼。他们以坚定意志和坚强决心加强生态文明建设，坚持在发展中保护、在保护中发展，遵循创新、协调、绿色、开放、共享的新发展理念要求，坚持生态文明思想的六项原则，在党的领导下，积极融入吉林西部生态经济区建设大局，坚定落实吉林省委、省政府和松原市委、市政府安排部署，坚持保护与发展并重、生态与旅游并举，积极打响水、大气、土壤保卫战，全力推进查干湖生态治理与修复工作，让查干湖天更蓝、水更清，让这道天然生态屏障愈加牢固，这块金字招牌愈加熠熠生辉，以实际行

动回答"如何让保护生态和发展生态旅游相得益彰"的时代之问。

以时代要求为指引,查干湖完成生态文化的升级和制度的完善,针对项目建设制定基本红线。坚定查干湖生态理念和生态文化的转变,松原市和查干湖提高认识以实现绿色转型发展的"绿色革命",产业结构转型和升级,统筹推进山水林田湖草沙冰一体化和修复,提升查干湖生态系统稳定性、协调性,并增强自然生态功能、推进生态治理、拓展生态空间、高标准筑牢生态安全屏障。

查干湖人把握时机,趁热打铁找准定位,搞好规划,走好生态优先、绿色发展的路子,推动查干湖实现更高质量发展。从成立组织到制定规划,从铁腕立法规到恪守底线,查干湖人秉承着"生态至上"的发展理念。

保护生态,规划先行。松原市成立了由市委书记挂帅的查干湖生态保护与发展委员会,组织编制了《吉林查干湖生态环境保护规划》,把高水平的规划作为保护生态和发展生态旅游的基础和先决条件。

没有规矩,不成方圆。历史经验和教训让查干湖人深切意识到,生态文明建设是一场涉及生产方式、生活方式、思维方式和价值观念的深刻变革，生态环境保护是一个系统完备、全面整体的过程，必须纵向到底、横向到边，形成环环相扣、协同联动的制度体系。必须加快制度创新，增加制度供给，完善制度配套，强化制度执行。为了做好保护和管理工作，松原市制定了《吉林查干湖国家级自然保护区管理条例》，实行最严格的制度、最严密的法治，为生态文明建设提供可靠保障。全面推行生态文明建设目标评价考核制度和责任追究制度，建立实施生态补偿制度、河湖长制、林长制……生态文明"四梁八柱"性质的制度体系基本形成。今天，河长制带来河长治，一幅幅鱼翔浅底、人水相亲的图画徐徐铺展；日益完善的湿地生态补偿制度，让保护生态不吃亏、能受益的局面渐成常态；环境保护公众参与制度进一步完善，环保意识不断增强，形成全民参与生态环境保护的新局面。

全面落实湖长制，确定了查干湖旅游经济开发区县、乡、村三级湖长责任体系，积极探索湖长制工作的长效机制。出台《全面推行湖长制工作方案》《查干湖开发区湖长制会议制度》等制度规定。积极开展清洁整治行动，完善巡查队和保洁队，强化日常巡查和保洁，加强查干湖的日常巡护管理，动员各方面力量参与到管水治水中来。在湖长责任制下，各渔政所工作人员除了看护渔业外，还担当起了环境保护管理工作，对湖区产生的垃圾及时进行清运，确保产生的垃圾运送到指定地方，确保对湖水不造成任何污染。责成28名县处级干部、34个县直部门对查干湖周边31个村屯进行包保，累计出动人员万余人次，清理各类垃圾5.1万立方米。新建生态垃圾房和无渗漏垃圾存放点399个、小型垃圾处理站3座，保障垃圾收转运体系高效运行。

实施管理性措施，辖区林业派出所、公安派出所公安民警与查干湖渔场渔政所管理人员经常到湖区周边监督检查，尤其是鸟类迁徙和孵化季节，严看严守，遏制猎鸟、药鸟现象发生。

年年有鱼，年年有余　鱼肥水美查干湖

加强水质监测预警。松原市环保局及相关单位每月都会派专人对入湖口、湖心、出湖口水质进行监测，每月至少两次检测，及时掌握查干湖水质状况，为治理保护提供科学依据。一旦水质发生异常，确保及时预警、迅速处置。强化分区管理，在湖区内设置150个浮标，清晰标示保护区三类功能分区界线，避免渔船、游船等越界作业。把加强污染治理作为根本前提，坚决守护好查干湖的生态根脉，做到"保护面前诱惑再大不动心、生态面前规模再小不破坏"。

恪守底线，不越红线。在旅游开发和项目建设上，查干湖放慢脚步，防范盲目大上项目、快上项目。严格遵循"三个不上"原则，即凡是工业项目一个不上，凡是污染类项目一个不上，凡是有潜在环境风险的项目一个不上。要发展，更要生态，切实从源头呵护查干湖的绿水青山。

紧盯重点问题、重点领域、重点环节，狠抓问题整改。中央生态环保督察反馈涉及查干湖的4个问题中，自然保护区内117公顷水田全部退耕；马营泡面源污染拦截治理工程投入使用；缓冲区38口油水井已封井，4个采油平台已拆除，实验区内的145口油水井按照整改方案逐步退出。

为了不再出现嫩江洪水倒灌查干湖的事件，遏制污染水回流，2016年夏，查干湖开发区多方筹措资金2亿元，启动查干湖生态水岸沿湖路工程，该项目包括999米查干湖大桥（主桥300米）和16千米景观路建设。查干湖大桥下方设有9个闸门，如果出现倒灌现象，闸门放下便可将污水隔离，防范湖水污染，建设意义重大。

开发区与施工单位精心谋划，合理调度，统筹推进，于2016年11月初，在寒潮来临之前完成了桥梁主体建设，保证了当年冬捕盛会的交通运行。一座300多米长的大桥如同一道飞挂在湖面上的彩虹，横卧在查干湖上，贯通南北景区，可谓"一桥飞架南北，天堑变通途"。而工程建设期从2016年7月下旬到11月初仅有百天，查干湖人凭借引松精神再一次实现了"不可能完成"的挑战。

查干湖大桥的顺利完工打通了查干湖旅游的新干线，开辟出查干湖四季旅游的黄金路线，标志着查干湖深度旅游迈出成功一步。

查干湖大桥两侧的护栏用蒙古包图案装饰，路灯也是苏鲁锭的样式，极具民族特色。独特造型和精美装饰与美丽如画的查干湖交相辉映、融为一体，成为跨越查干湖的观景台。大桥设计独特新颖、桥面宽阔壮观。站在桥上，美景尽览：鸥鹭飞逐、百鸟翔集、莺歌燕舞，鱼鹰时不时从水里捉起鱼儿跃向空中，尽展仙姿；向桥南望去，水域接天，无边的湖水白浪滔天；北边马营村红墙碧瓦，阡陌纵横，与银湖蓝天、绿水青山构成了一幅"接天莲叶无穷碧"的现代村庄图景。

查干湖大桥又似出水蛟龙腾然而起，与圣湖搏娇争宠，光彩夺目，它承担着旅游高峰疏通巨大车流的重任，与查干湖人一起守护着神秘秀美的绿水青山。

第二节 绿色升级：从水面治理到景区开发

党的十九大将"坚持人与自然和谐共生"作为新时代坚持和发展中国特色社会主义的基本方略之一，"增强绿水青山就是金山银山的意识"正式写入党章，新发展理念、生态文明和建设美丽中国等内容写入宪法。随着这一系列新理念、新战略的提出，生态文明战略地位得到显著提升，生态文明建设和生态环境保护成为高质量发展的重要组成部分。查干湖开发区加快绿色转型发展，生态文化、生态制度建设完善，项目建设升级。坚持人工修复与自然恢复相结合，以生态文明建设六项重要原则为指引，编制《查干湖生态保护与生态旅游协同发展总体规划》，谋划设计一套循序渐进、科学有效的系统性措施，促进查干湖生态环境持续向好。健全完善环境保护治理常态长效机制，加快项目建设进度，深入推进环湖种植结构调整、增殖放流等工作。

统筹推动"三大措施"，着力构建水草林湿互为补充、互为依托的生态耦合系统，实施查干湖绿色"加减法"，有加有减守护圣水湖畔。

加保护，减污染。实施工程性措施，在查干湖南、北景区各建设一座日处

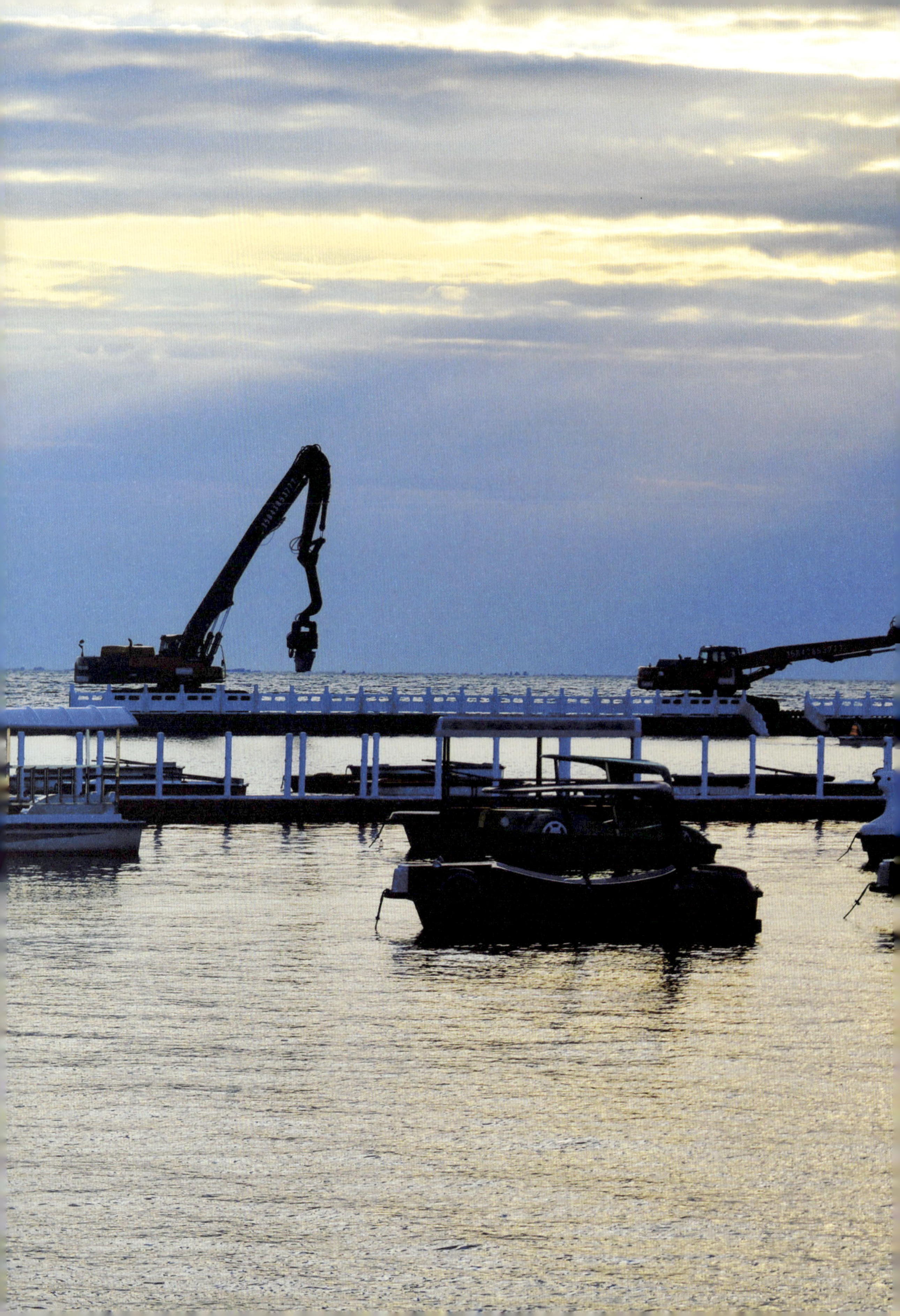

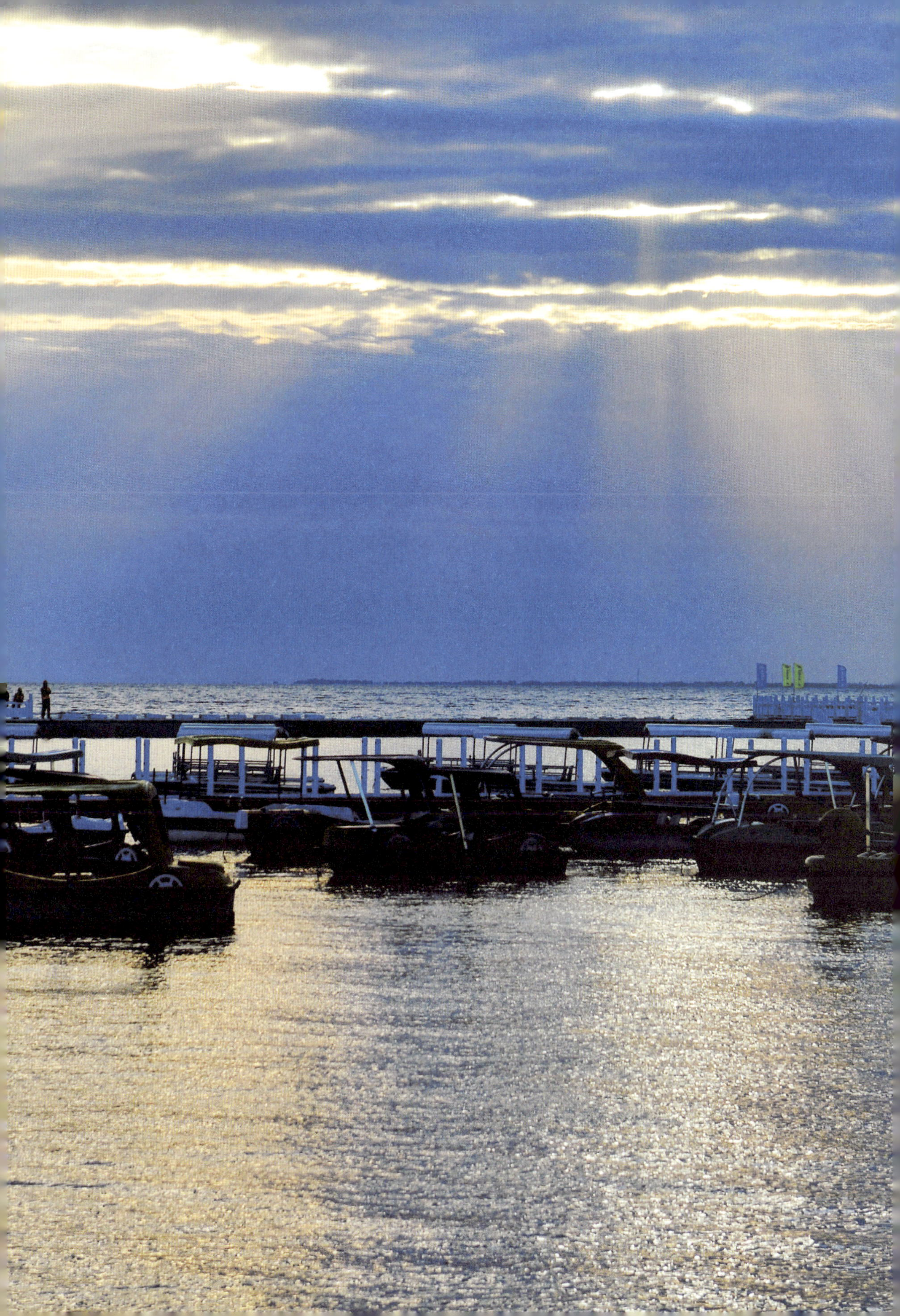

理1000吨的污水处理厂，采用较为先进的污水处理工艺对景区内各业态产生的生活污水进行集中收集处理，避免污水直排对查干湖水体造成影响。在南、北景区各新建两处垃圾转运中心，对景区内各业态及居民的生活垃圾进行集中回收处理。查干湖景区污水处理厂和垃圾转运中心投入使用后，极大地改善了周围水体环境，对治理水污染、保护当地流域水质和生态平衡具有十分重要的作用。

借吉林省推进河湖连通工程的契机，启动有关建设举措，通过疏通附近的河流湖泊，修建了一条查干湖至库里泡长7.175千米的连接渠，实现了松花江—查干湖—嫩江水体连通，松花江水通过引松渠流入查干湖，在湖内循环后通过苏家泡、六家泡湿地的自然降解功能和湿地植被的吸附作用净化水体，再由连接渠流入马营泡，流入库里湖，最后流回嫩江，实现查干湖水的大循环，形成了"泡泡相通、沼沼相连"的水生态体系。水渠的顺利竣工，加速了查干湖的水体交换速度，约三年即可让查干湖的湖水完成一次水体交换，让查干湖变成了一汪活水，湖水盐碱化程度明显降低。

2020年上半年，查干湖共开工建设水质提升项目11个，包括查干湖水生态修复与治理项目、查干湖环湖种植结构调整工程项目、查干湖环湖湿地植被修复建设项目、查干湖生态修复工程项目、查干湖新庙泡生态修复工程项目、查干湖224区块生态水岸修复工程项目、查干湖周边村屯污水处理工程项目、查干湖周边村屯安全饮水工程项目、查干湖湿地保护与恢复工程建设项目、查干湖七家子泡湿地建设项目，以及查干湖野鸭湾湿地项目等。其中总投资12.58亿元的查干湖水生态修复与治理试点工程是国家"十四五"时期150个重点水利工程项目之一，分为7个子项目，其中前郭县境内占了5个。目前，这些项目有的已完工，有的正在积极推进。这些项目的建设将通过"涵水源、管好盆、护好水、显内涵"等措施，加大水源涵养力度，加强河湖生态保护和修复，提升河

湖内在品质，构建更为完善的查干湖水体系统治理措施体系。在此前提下，工程还将为当地灌区开发创造条件，促进查干湖生态旅游与渔业发展。

消除生态隐患，坚持清退存量，迁出查干湖周边所有畜禽养殖场。为"一湖碧水映蓝天"，大力实施生态移民工程，并将此项工程做成扎扎实实的惠民工程，在有效保护生态的同时，也使群众快速摆脱了贫困。查干湖镇的云子井村收子井屯位于查干湖的核心区，通往村里的只有一条红砖路，因为年久失修，已经破烂不堪，遇上雨季汽车根本不能通行，村民的生产、生活污水问题一直得不到有效解决，生活条件也极为艰苦。为了减少对查干湖的污染，减轻他们的生活负担，查干湖镇于2018年10月开始启动对该屯117户319人的生态移民工程。如今，查干湖的核心区变成了真正的无人区，原生态逐渐恢复，村民们也真切体会到生态搬迁为他们带来了新生活，让他们的生活变了模样。

整体清退影响湖区环境的旅游项目23个，取缔商贩摊点26处，关停周边村屯饭店15家，拆除景区内违章建筑物、大棚、附属用房以及无法连接污水管网的老旧旅游设施59处，拆除影响生态环境的建筑3.3万平方米，淘汰老旧游船、竹筏等40艘（排），大幅降低了人类生产生活对景区环境造成的影响。

查干湖的地上资源多种多样，地下资源也同样丰富多彩，现已探明蕴藏丰富的石油、天然气、地下热水等资源。松原是一座石油资源城市，吉林油田公司是松原市的重要支柱企业，在全市经济社会发展中具有重要战略支撑地位。但比开拓地下宝藏更重要的是用实际行动保护生态环境，推动和谐、可持续的绿色发展。吉林油田公司牢固树立绝不以破坏生态环境为代价换取油气产量的

思想，以绿色矿山建设为重点，全面有序开展环保管理工作。2017年以来，已有300口油水井陆续从查干湖、莫莫格保护区缓冲区、实验区等环境敏感区有序退出，用实际行动擦亮绿色发展底色，为查干湖的绿色发展保驾护航。

加绿化，减破坏。在景区内及其周边栽植树木3.87万亩，道路两边杨柳成行，原来草木萧疏的青山头上如今郁郁葱葱，松树、糖槭、五角枫等树种在这里四季交替，四季皆景。林草部门对侵占破坏、私开滥垦草原林地等行为，以及涉林涉草案件开展全面检查，对还林还草不到位的立即进行补植补种；自然资源部门抓好违法违规占地、非法取土等行为的清理整顿，对用地企业"以租代征"问题进行排查，严厉查处违法行为。

实施生物性措施,退耕还湿、还草。近年来,查干湖开发区积极调整农业生产结构,找到了传统农业生产影响生态环境的解决方案。各镇通过对传统农业种植结构的改变,有效化解了秸秆处理、肥料消解、水土污染等传统农业生产方式对生态环境造成的不良影响。其中,查干湖镇通过流转农户土地,把种植的玉米、花生等传统农作物变成了板蓝根、黄芩、桔梗等中草药,种植中草药1.54万亩。中草药是草本植物,生产过程不使用化肥、农药,采用人工除草,种植和收割的工人都是当地流转土地的农户。每年除了流转土地的收入,

农户还可获得可观的代种收入，带动了农民就业增收，解决了投资种植方的用人难题，环境也得到了有效保护。晚秋时节，田野里多年生的桔梗花和黄芩花依然盛开，弥散着芬芳，药香拂过田野，沁人心脾。七家子镇将传统农业种植全部变为种植芍药花，种植花卉0.35万亩，不但可以观赏，还有药用价值，在提高农民收入的同时，已成为查干湖景区新的景点。

查干湖开发区深度打造的契丹岛百花园被称为"湖畔花海"，是一片由马鞭草、芍药、牡丹、万寿菊、孔雀草、百日草、大丽花等数十种珍稀花卉组成

的花的世界、花的海洋。之所以称它为"花海",是因为它足够大,有80多公顷,整个湖畔山坡被紫色的马鞭草和橘红的长寿菊装扮,这边是耀眼的金黄,那边是醒目的嫣红,更有一片五颜六色、形态各异的花朵争奇斗艳,是名副其实的百花园。

2018年,习近平总书记视察查干湖时,就在此驻足。一望无际的花海中,深绿色的叶和泛着油光的茎,与黑褐色的土地紧紧地连接在一起。一片片孔雀草、百日草、蛇目菊、万寿菊像一条条艳丽的彩带铺展在广袤的湖畔原野。一大片马鞭草摇摆着紫色的花枝,开得耀眼,开得迷人,犹如一群身着紫色衣裙的可爱少女在花海中亭亭玉立,随风起舞。不远处,一片娇艳的大丽花竞相怒放,红的,黄的,白的,令人眼花缭乱,目不暇接,一朵朵,一束束,尽管颜色各异,形状千姿百态,无不散发着醉人的馨香。阳光停留在花间隙,一眼望去,五颜六色、大大小小的花朵像是色彩斑斓的绒毯,为身下厚厚的、绿茵茵的叶茎换上新装。成群结伴的蝴蝶扇动着彩翅在花海中飞舞,蜜蜂则从一片花扑向另一片花,从一朵花蕊飞到另一朵花蕊,快乐地采集蕊蜜。

清风吹过，在弥漫花香的花海俯下身，就可以嗅到令人痴迷的花香，听到呢喃的花语，令人不舍流年；指尖不经意划过枝头的花蕾，就像不小心触碰了少女的脸蛋儿，令人心跳，令人陶醉，让人不禁然坠入童话之中：美若天仙的少女，身着艳丽时尚的彩裙，可爱的花仙子和小精灵穿梭在五颜六色的花海，与花海里摇曳的枝、含苞的蕾、绽放的花比美、斗艳、赛娇。

这就是查干湖畔千亩花海的魅力。然而，这片以花卉为主题的湿地观光园区，以前是一片盐碱地，不适合种植农作物，后来经过多年的土地蕴养，因地制宜种植各类花卉，形成了现在花的海洋。契丹岛百花园是湿地恢复、退耕还湿与生态旅游的有机结合，目前，已经成为查干湖景区一处重要的生态旅游景观。

还湿2.96万亩，为候鸟安家，关爱和谐自然生态。按照《查干湖国家自然保护区总体规划》，实施系列生态保护工程，野鸭湾生态水岸项目已有效地保护和修复湖滨缓冲带及岸坡生态系统，隔离和降解入湖的氨、氮、磷等污染

物，防止查干湖水体富营养化和水土流失，提高查干湖的蓄洪能力，扩大周边浅水区湿地面积，增加鸟类栖息地，延长湖泊生命周期。

野鸭湾位于"中国最美渔村"查干湖渔场的北侧，是集鸟类救助、环保科普、湿地观光于一体的湿地公园，始建于2003年，公园总占地面积220公顷，总投资0.6亿元。共恢复湿地150公顷，退耕还林20公顷，退耕还草50公顷，建立野鸭湾鸟类救护设施区18000平方米，鸟类养殖设施区18000平方米。现有国家一级、二级保护鸟类，如丹顶鹤、东方白鹳、白枕鹤、蓑羽鹤等150多只，野鸭和大雁共计30000多只。2017年，修建了全长1599米的湖畔湿地栈道及8个凉亭，供游客休息和游玩。

2018年，习近平总书记也到过野鸭湾湿地公园，那天的落日余晖染红了整个查干湖，在天、地、湖之间形成"三日映湖"的奇特景象。

野鸭湾紧邻湖畔湿地，蒲苇摇曳、微波荡漾的浅水之中，野鸭、大雁成群游荡觅食，东方白鹳、丹顶鹤逐波戏水，一派百鸟乐园的奇美景象。野鸭湾湿地公园是在查干湖鸟类救助中心的基础上成立的，担负着查干湖国家级自然保护区珍稀鸟类的保护、救助工作。如今的野鸭湾已有效发挥了查干湖的鸟类救助中心功能，每年都有数百只受伤的候鸟在这里得到救治。渔工在湖畔苇塘发现因故弃窝的鸟蛋都会送到这里来人工孵化，久而久之，许多孵化出的、救治好的鸭雁鹤禽就不再离开这儿，而且还引来数万只不同禽类在这里安家落户、繁衍生息。

　　为确保鸟禽们安全越冬，查干湖为它们修建了栖息的暖房、安全网棚，备足食物、细心饲养。春夏秋季节，每天清晨，《美丽的查干湖》音乐响起，鸭雁们就排着队，欢快地走出暖房、网棚，去湖畔蒲苇丛中觅食嬉戏；夕阳欲

坠，随着歌声奏响，鸭雁们又排着队鸣唱着、嬉闹着走回暖房、网棚，那情景令无数游人流连忘返。

　　还草0.53万亩。景区旅游路线周边3个乡镇、33个村屯1千米范围内的耕地也都实施了退耕还林、还湿、还草工程，总退耕面积达到了4866公顷，把224区块内的水稻田全部恢复成湿地。在湖区种植荷花、蒲草、芦苇等水生植物300多公顷，打造查干湖万亩莲花园，发挥水生植物的降解作用，有效降低农业污染。着力完善景区生态链，大力推动"以水养鱼、以鱼净水"的策略，持续开展增殖放流活动，每年春秋两季向湖中投放花白鲢、草鱼、大白鱼等1000万尾左右鱼苗，坚持科学捕捞方法，捕大留小，每年捕捞6000吨左右成鱼，通过鱼类的转化作用净化水质，提高查干湖生态自我净化能力。

　　坚持严控增量，严把项目准入和建设关口，凡是有潜在环境风险的项目一律不上，未经审批的项目一律不允许开工建设，坚决从源头上斩断污染源。为有效解决旅游服务业给湖体带来的环保压力，使吃、住、行、购、娱等附属功能远离生态中心区域，2019年，前郭县秉持原生态、零排放、碳中和的理念，将自然本底与温泉康养、特色美食、会展演绎深度融合，开启打造查干湖生态小镇项目。在距离查干湖约13千米、松原市区35千米，长白铁路、珲乌高速公路及国道302线贯穿其中的前郭县长山镇新庙村，一座生态小镇拔地而起。小镇共谋划实施19个子项目，总投资34亿元。其中，最具养生内涵的便属查干湖小镇温泉酒店项目。查干湖小镇处于高地温梯度区，拥有丰富的地热资源，具备发展"温泉旅游+"的资源优势。蒙医、中医也是前郭县独有的地域品牌，具有良好的发展基础。在查干湖生态小镇东部，将结合域内丰富的蒙医蒙药和中医中草药资源，建设集蒙医推拿、中医针灸、康复理疗、养生保健等于一体的蒙中医康养综合体。

目前，查干湖生态小镇客厅已投入运营，温泉酒店、站前游客中心、主题邮局、金融超市及文旅国际街区等，预计在不久的将来也可以开放。查干湖小镇建成后，将承载查干湖生态旅游附属功能，吃、住、行、购、娱等功能远离

景区10千米以外，减少旅游业带来的生态环境隐患，进一步厚植查干湖生态底色，促进生态旅游产业深度融合，积极推广清洁能源和智慧管理，编制小镇能源配置方案，广泛使用环保材料、低耗能设备，普及5G网络、电子系统，打造零碳智慧样板小镇。

同时，将生态小镇与美丽乡村建设结合起来，大力实施查干湖周边村屯绿化、美化、亮化工程，高质量建设湿地栈道，将生态小镇、周边村屯和查干

湖有机串联，形成闭环慢行系统。在景区，以壮丽的自然景观、独特的历史文化、丰富的节庆活动为主，突出原生态，打好文旅牌，大力开发生态旅游产品，严格限制人工景观建设，以自然之美、文化之美吸引游客、留住游客。在小镇，明确功能定位，全面承接查干湖旅游吃、住、行、购、娱等附属功能，秉持原生态、零排放的理念，最大限度使用风能、太阳能、天然气、余热等清洁能源，采用钢结构绿色建材，全力打造一座集节能环保、温泉休闲、娱乐养生于一体的世界级生态小镇。

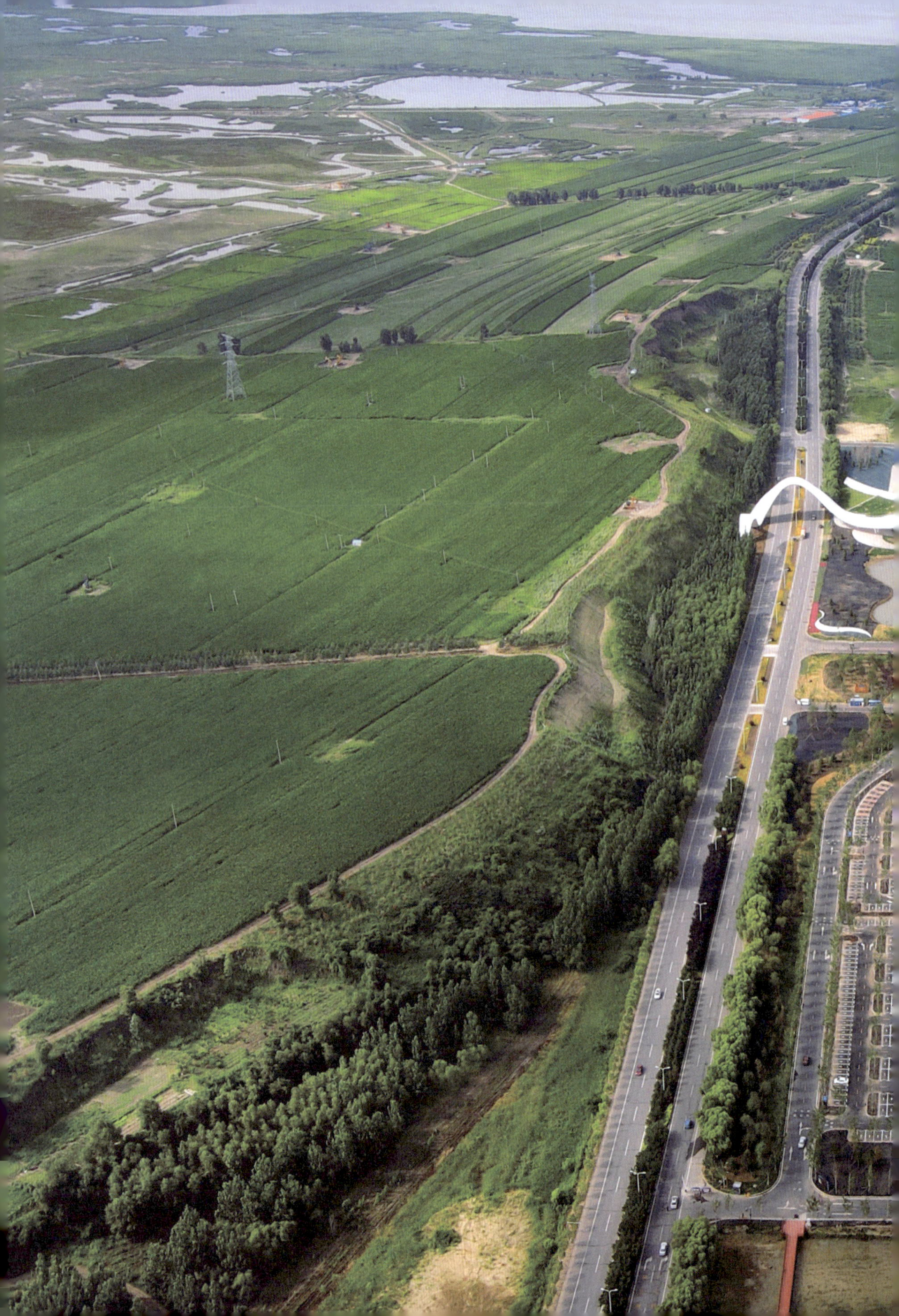

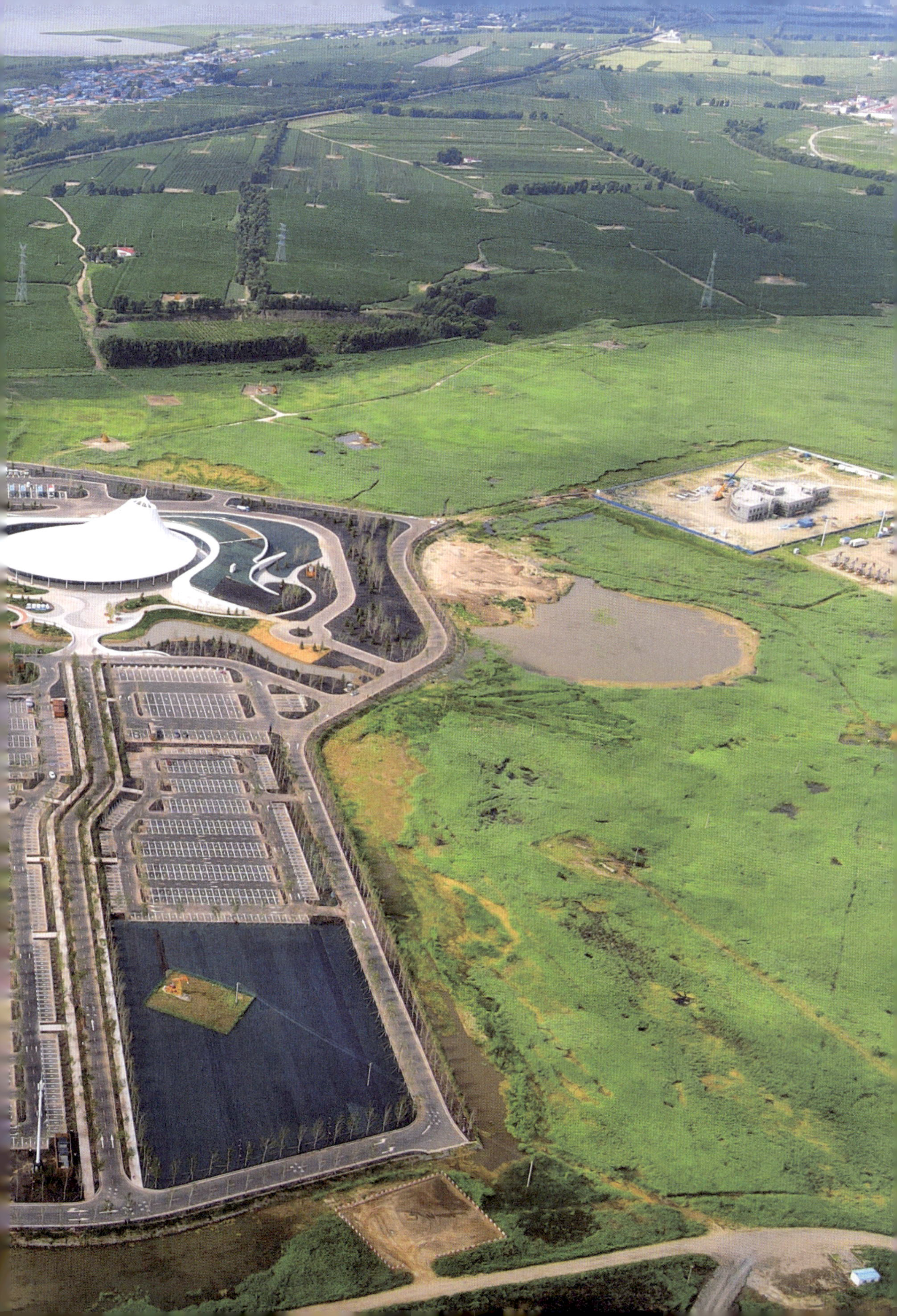

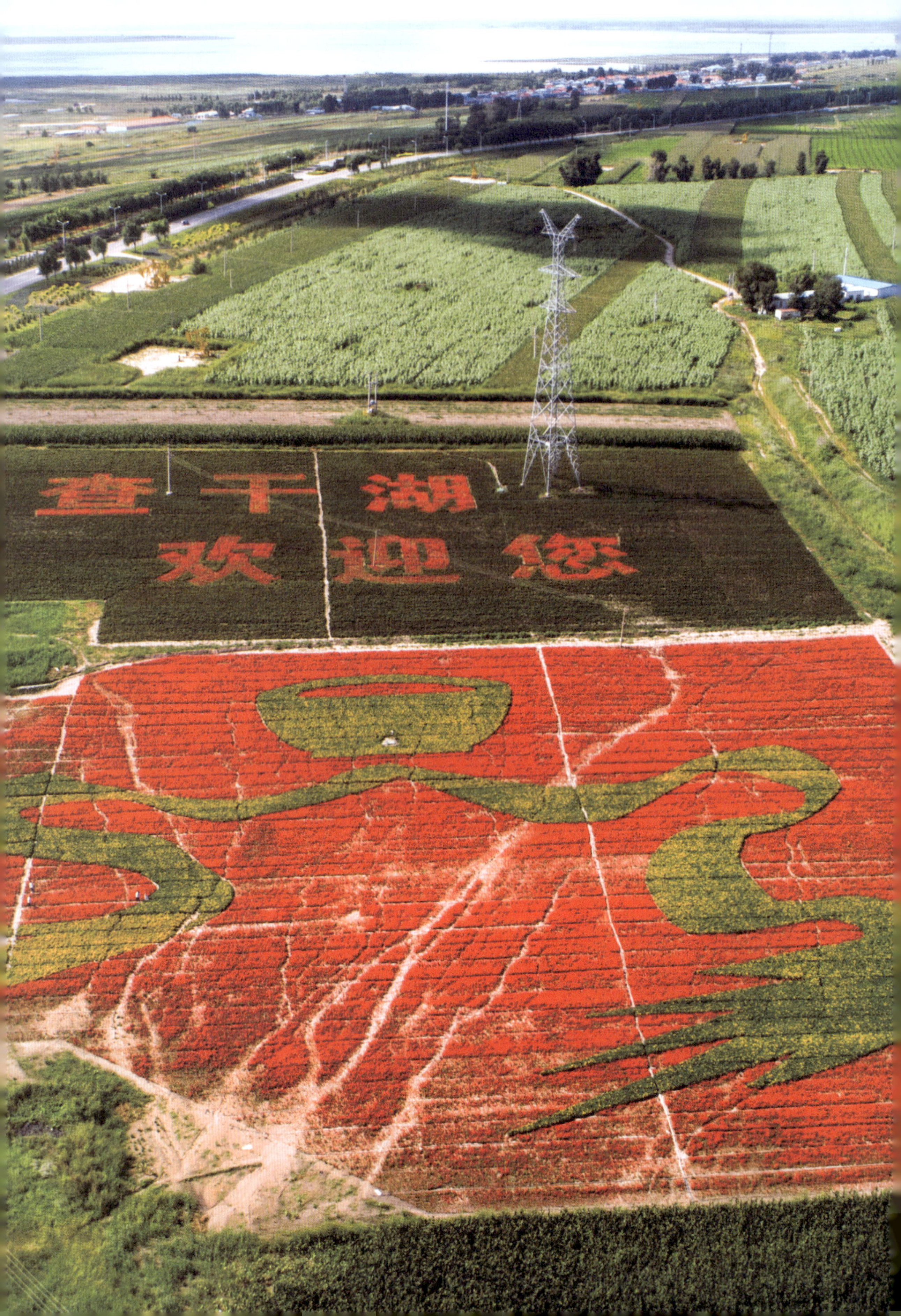
查干湖
欢迎您

第八章

一定要守好查干湖这块金字招牌
Yiding Yao Shou Hao Chagan Hu Zhe Kuai Jinzi Zhaopai

党的二十大深刻阐明了人与自然和谐共生是中国式现代化和人类文明新形态的重要内涵。新时代查干湖人深刻理解生态环境保护和经济发展的辩证统一、相辅相成关系，树牢"绿水青山就是金山银山"的理念，坚持"生态优先、绿色发展"的战略定位，把绿色低碳发展作为重要引领，明确建设生态文明推动绿色低碳循环发展的战略升级，推动实现更高质量、更有效率、更加公平、更可持续、更为安全的发展。以党的二十大报告关于生态建设的指示精神为指引，坚持新发展理念，以建设5A级旅游景区为切入点和突破口，高位谋划，创新思考，开拓思路，把源头治理、系统治理、综合治理作为基本方法，把生态价值转化作为动力引擎，把加强环境治理体系建设作为基础支撑，高标准共同加强生态环境保护治理，高起点协同推进"双碳"战略实施，推动产业和生态融合发展、人与自然和谐共生，积极融入吉林省"一主六双"高质量发展战略，全力打造经济社会发展全面绿色转型区，凝心聚力描绘查干湖美丽绿色画卷，探索生产发展、生活富裕、生态良好的文明发展道路。

第一节　生态核心，产业融合

2018年，习近平总书记视察查干湖时指出，良好的生态环境是东北地区经济社会发展的宝贵资源，也是振兴东北的一个优势，要把保护生态环境摆在优先的位置，坚持绿色发展，并嘱托大家一定要守护好查干湖这块金字招牌。

总书记的殷殷嘱托，是肯定，是期待，更是莫大的鼓舞和巨大的鞭策，为查干湖未来发展指明了前进方向，增添了更加厚重的砝码，规划了更加辉煌的蓝图。总书记对于生态保护和发展旅游的论述，让查干湖开发区的干部职工们信心满满。

松原市为了纪念习近平总书记视察查干湖这一历史性大事件，在查干湖南景区安代路与玉龙湿地的接壤处，修建了一处占地总面积约1000平方米的广场，其中包括观赏石、音乐喷泉、停车场、三角形公厕、自行车慢行系统。广场以一块高大的观赏石为中心，观赏石的前后分别镌刻"保护生态和发展生态旅游相得益彰""守护好查干湖这块金字招牌"，配有环状音乐喷泉，大理石铺装突显以三条鱼为主调的查干湖标志，彰显查干湖特色渔业生态；心形花坛

寓意查干湖畔草原人民心里装着祖国，热爱祖国，同心向党。这里也是查干湖观看日出日落最佳的地点，所以取名"希望广场"。这里也是时任国务院总理李克强同志在2021年6月15日来到查干湖视察的地方。李克强同志对查干湖的发展赋予了殷切的期望。他在视察时说，查干湖是我国东北地区一座生态资源宝库，对周边生态有着重要的调节改善作用，这里鱼类多样、渔产丰富，说明生态环境保护得好。要坚持不懈抓好生态环境保护，在此基础上，有序发展旅游事业，把查干湖这块金字招牌擦得更亮。

希望广场的对面是增殖放流平台，每年春秋两季的鱼苗就是从这里投放到查干湖。希望广场已经成为查干湖景区一处新的景点和功能服务设施，在这里游客可以休闲观光。

在一系列举措推动下，查干湖整库区水质提升至Ⅳ类，湖里的鱼多了，珍稀鸟类增加到274种，栖息数量增加到130万只。查干湖的生态环境持续好转。

查干湖的水清了，鱼肥了，鸟多了，景美了，游客增加了，周边百姓的腰包也鼓了。到了饭点，查干湖边的渔家乐里，每天前来就餐的游客络绎不绝，渔民们忙得不亦乐乎。在渔场屯的中心大街，除了个别小超市，几乎家家户户都做起了湖鲜餐饮的生意。

"吃"仅仅是旅游业吃、住、行、购、娱附属功能之一。围绕做大做活查干湖生态经济这篇大文章，前郭县和查干湖开发区管委会近年来大力发展"生态+"模式，充分结合地方的优势资源，提升创意、突出特色，走个性化、差异化、精细化的开发道路。

2012年以来的10多年里，查干湖坚持内涵式发展理念，做好"生态+产业"大文章，形成生态和产业协同发展的核心竞争优势。

推行"生态+旅游"策略。除了生态旅游观赏项目，景区还引导开发了蒙古马车、双人自行车、骑马、骑骆驼等特色游览方式，增强景区的适游性、观赏性和吸引力；结合查干湖丰富的动植物资源，启动建设了鸟类科普基地、渔业科普基地、植物科普基地等特色研学旅游项目；积极培育发展休闲旅游、高端民宿、家庭农场等乡村旅游业态，充分发挥查干湖生态旅游带动群众致富的作用。

推行"生态+文化"策略。深入挖掘当地辽金、蒙元、渔猎等历史文化资源，开发建设或改造升级了孝庄祖陵、郭尔罗斯王爷府、渔猎文化博物馆等一批地方特色旅游景点，创编《盛世契丹春捺钵》《天琴·神骏》等大型情景剧，推出马头琴音乐、乌力格尔、呼麦等非物质文化遗产展演，实现文化元素与旅游产业融合发展。

推行"生态+节庆"策略。在冬捕节被评为全国首批最具影响力特色节庆、列入国家级非物质文化遗产名录的基础上，聚焦"春捺钵、夏赏荷、秋观鸟、冬渔猎"等特色活动，打造"四季查干湖"系列节庆品牌，进一步提升查干湖旅游的吸引力和影响力。

推行"生态+体育"策略。查干湖通过成功举办环湖自行车赛、全国第三届大学生越野滑雪锦标赛、冰上马拉松赛、查干湖杯雪地足球赛、查干湖冬泳

锦标赛等体育赛事，吸引众多体育爱好者在参加比赛的同时，欣赏查干湖的四季美景，品尝查干湖的特色美食。吉林着力谋划吉林省东部、西部旅游大环线，查干湖作为西部旅游大环线上的一颗璀璨明珠，在东雪西冰的产业格局基础上，念好"山"字经、做好"水"文章、打好生态牌，坚定不移走生态优先、绿色发展之路，促进体育与生态旅游融合，推动查干湖体育事业高质量发展。

第二节 "大查干湖"战略谋划高质量发展

习近平总书记的挂念和关怀对查干湖来说是一种鼓励、一种鞭策，也为查干湖未来发展指明了方向，适时启动了国家5A级景区创建工作，并以此为契机，提出"大查干湖"战略构想，围绕吉林省"一主六双"高质量发展战略，聚焦碳达峰碳中和，助力吉林省能源产业高质量发展和生态强盛建设，致力成为吉林省西部高效生态经济增长极。

2018年10月，前郭县紧紧围绕吉林省委、省政府"景区内部做减法、外部做加法"的工作思路，正式启动了国家5A级旅游景区创建工作；2019年9月20日，吉林省文旅厅致函国家文旅部资源开发司，正式推荐查干湖申报创建国家5A级旅游景区；2020年12月9日，查干湖顺利通过国家5A级旅游景区景观质量专家评审工作，成功列入国家5A级旅游景区创建名单；2021年3月12日，前郭县召开查干湖创建国家5A级旅游景区动员大会，吹响了查干湖5A级景区创建攻坚战的冲锋号。

创新管理模式，注重效率管理。制定《查干湖创建国家5A级旅游景区工作方案》，进一步推进景区景点提升改造进度，完善软件材料。为高效率、高质量开展国家5A级旅游景区创建工作，前郭县成立工作专班，实行"四个三"工作法，分步高效推进。查干湖开发区全员自动取消休假，全区上下竭尽全力进行景区创建。

组建三支队伍。成立国家5A级旅游景区创建指挥部，负责整个创建工作的协调调度、整体推进；成立查干湖执法大队，规范景区管理；成立专项督查检查组，开展常态化督导检查。

落实三个责任。落实牵头县级领导责任，实现创建项目包保无死角；落实成员单位责任，对标国家5A级旅游景区创建标准，列出任务清单；落实具体人员责任，确保每一小项创建任务都有人抓。

建立三项制度。建立日报告周总结月计划制度，制定任务进度表，压实创建责任；建立日巡查制度，由相关领导成员组成领导专班，轮流到创建指挥部排班值守，带队进入项目现场检查督导；建立百日攻坚制度，对照创建项目标准，强化措施，全面推进，确保如期完成创建任务。

围绕三项任务。围绕硬件项目，倒排工期、挂图作战、全力攻坚；围绕软件项目，对标对表、细化分解、快速整理；围绕重点破解项目，精准发力、逐一破解、加快推进。

明确责任主体，统筹规划落地。组建查干湖生态旅游集团，负责景区封闭运营工作。同时，按照《查干湖创建国家5A级旅游景区实施方案》及《景区创建任务分解说明书》要求，全力推动5A级旅游景区创建工作。遵循"先运营，后封闭，分步实施，逐步推进"的运营思路，积极稳妥地推进景区封闭工作。

一系列5A级旅游景区创建项目相继实施。查干湖封闭及智慧管理系统、查干湖停车场及配套基础设施、查干湖湿地生态景观提升项目、查干湖游客服务中心功能提升项目、查干湖旅游景区整体风貌提升项目等现已完工并投入使用。查干湖转运中心及附属配套基础设施、查干湖鸟类科普基地、查干湖渔业科普基地、查干湖植物科普基地等项目正在有序推进。

围绕生态、民族、宗教、渔猎文化等资源禀赋谋划的一系列招商项目也在积极推介，吸引更多战略投资者高起点、高规格、高水平地参与查干湖景区建设，促进生态旅游提档升级。

查干湖景区还在东、南、北三个方向修建了极具人文特色和浪漫情怀的景观大门，集民族文化、生态文化、渔猎文化之大成。三处大门分别以哈达、鸿雁和鱼群为主要造型，代表"哈达迎客""鸿雁归乡""鱼群戏水"，充分体现了查干湖对传统文化的尊重，对自然生态的敬畏，努力实现人与自然的和谐发展，提高人们保护自然资源的意识，强化人与自然和谐共生的理念。

按照景区运营方案要求，运营期间，查干湖景区配备的旅游车辆全部为绿色环保大巴，游客进入景区后，须乘坐专门的旅游大巴车及观光车，为游客的自身安全提供了保障，极大减少了景区的交通压力和污染，保护了景区的生态环境。

深入推进"厕所革命"。按照最新旅游景区质量等级评定标准要求，国家5A级旅游景区所有旅游厕所都需要达到A级标准，其中3A级旅游厕所的比例不低于60%，旅游厕所的分布不应有盲区。查干湖景区主游线内建有20多座厕所，其中3A级厕所占比74%，满足5A级景区创建要求。实行全天保洁，垃圾日产日清无死角。绿化、美化工作有专人负责，环境好了，游客自然愿意来也愿意留。查干湖周边群众对环境与旅游关系的认识也越来越深刻。

在省、县的领导下，查干湖加快了国家5A级旅游景区创建的步伐。查干湖核心景区实现封闭试运营，整体平稳有序。全面开发查干湖旅游资源。

围绕中心工作，深化品牌效应。2021年7月30日，吉林省第十三届人大常委会表决通过将每年9月26日，也就是习近平总书记视察查干湖的日子，设立为吉林生态日。此项决议是查干湖生态发展进程中的重大进步，更是查干湖人理解新发展格局、贯彻新发展理念、落实"双碳"目标、实现高质量发展的重要机遇。吉林省通过成功举办查干湖绿色发展论坛和查干湖生态旅游论坛开启了生态保护和生态文明建设的升级之路。

2021年9月24日，以"美好目的地　生态查干湖"为主题的首届查干湖生态旅游论坛在吉林省松原市举行。生态旅游领域、政府机构、文旅企业及知名媒体的嘉宾代表齐聚一堂，共话生态旅游产业发展的未来。论坛旨在深入贯彻落实习近平总书记视察吉林、视察松原重要讲话重要指示精神，结合吉林生态日，围绕吉林省"一主六双"高质量发展战略，聚焦建设运转顺畅、产品丰富、特色鲜明的东西旅游双环线，广泛凝聚共识，深化区域协作，深刻阐释"保护生态和发展生态旅游相得益彰"理论内涵，共同提升生态旅游发展品质和水平，打造全国知名的生态休闲旅游目的地，让查干湖这块金字招牌熠熠生辉。

此次论坛发布"鱼米之乡的秋天"生态游、"湖畔人家"乡村游、"西部阳光"摄影游、"环湖生态走廊"自驾游四条生态旅游精品线路。四款旅游产品突出原生态、打好文旅牌，涵盖生态保护系列项目和生态旅游景点，充分展示了查干湖优质的旅游资源和生态保护的喜人成果。中国社会科学院生态文明研究所、中国旅游报分别向松原市及查干湖景区授予"中国社会科学院国家未来城市实验室松原示范基地"和"美丽中国行生态旅游观察基地"的牌匾。松原市政府与途牛、携程、吉旅大数据、景域驴妈妈等企业签署战略合作协议，与长春市旅游协会、杭州市旅行社协会签署吉浙客源引入合作协议。通过本次论坛，松原的文化旅游将迎来创新发展的新机遇，有力推动了查干湖的生态发展。

2022年9月27日，以"守护和擦亮查干湖这块'金字招牌'"为主题的第二届查干湖生态旅游论坛成功举办。查干湖旅游经济开发区管委会分别与美团门票、景域驴妈妈集团签署"生态查干湖　美好目的地"战略合作协议。此外，查干湖生态露营节、查干湖环湖自行车赛、查干湖湿地观鸟节等作为本次论坛的系列活动同步开展，全面展示了查干湖优质的生态环境和丰富的旅游资源。

2021年9月29日，为深入贯彻落实习近平生态文明思想，以打造绿色能源创新合作新高地为宗旨，助力吉林生态强省建设和国家级新能源生产基地发展，全力推进吉林"陆上风光三峡"建设，在习近平总书记视察吉林三周年之际，首届查干湖绿色发展论坛在松原开幕。论坛主题为"低碳、创新、合作、发展"。论坛对加快吉林省能源产业转型升级，优化能源结构，助力实现生态目标，促进东北全面振兴、全方位振兴具有重大意义。论坛开幕式上，发布了《查干湖发展论坛合作倡议书》，政府代表、央企代表、专家院士学者代表、重点能源企业代表、科研院所代表共同发起合作倡议。此次论坛为推进吉林省绿色发展提供了新的机遇与广泛交流、深度合作的平台。以此为契机，吉林省一批新的增长点、增长极、增长带有望加快成长，进一步凸显"绿水青山"蕴含的经济价值，助推吉林新能源产业高质量发展和生态强省建设。

成功举办查干湖春捺钵开湖美食节、查干湖夏季生态旅游节、查干湖湿地文化旅游节、查干湖冰雪渔猎文化旅游节等节庆活动，全方位展示查干湖厚重的文化底蕴和壮阔的四季风景，进一步创新文旅融合发展。吉林省通过一系列文化活动，打造了查干湖旅游品牌，加快了查干湖创建国家5A级旅游景区的步伐，进一步提高了查干湖的知名度和影响力。

为了让习近平总书记重要讲话重要指示精神在查干湖落地生根、开花结果，查干湖人已按下绿色发展快进键，进入生态文明建设快车道，走上新时代绿色发展之路，努力实现"一年一变化、三年大变样、五年大发展"，着力推

动绿色低碳高质量发展，深入打好污染防治攻坚战，谋划抓好新一轮查干湖综合治理。新起点上，查干湖人紧扣"一体化"和"高质量"两个关键词，加快发展方式绿色转型，强化生态环境保护，提升生态环境治理能力，着力构建查干湖流域"治理责任共担、治理成果共享"机制，推动区域生态环境持续改善，共建绿色美丽查干湖。

  谋定而动，实干兴湖。查干湖生态文明建设的决策者和建设者们忠实践行习近平生态文明思想，主动践行"两山"理念，始终坚持生态优先、绿色发展的思想，直面困难，敢于担当，以红色引松精神投入新时代查干湖高质量发展的新征程中，以50年生态环境保护和生态事业发展的巨大成功为底气，统筹推进经济高质量发展和生态环境高水平保护，坚决做到保护生态和发展生态旅游相得益彰，正确处理水质提升与渔业生产、生态保护与旅游开发的关系，探索和实践新时代生态文明建设实施路径，加快推进吉林省西部生态经济区建设，推动查干湖发展迈上新台阶，为建设生态强省提供有力支撑。

后 记

源浚者流长，根深者叶茂。

一部人类文明的发展史，就是一部人与自然的关系史。

党的二十大报告就新时代我国生态文明建设指出，我国生态环境保护发生历史性、转折性、全局性变化，在祖国天更蓝、山更绿、水更清的基础上，着眼到21世纪中叶把我国建成富强民主文明和谐美丽的社会主义现代化强国目标、总的战略安排，首次从战略高度明确了生态文明建设对于"以中国式现代化全面推进中华民族伟大复兴"而言的新的使命任务，明确了生态文明建设对于"全面建设社会主义现代化国家内在要求"而言的新的时代意义；明确了中国式现代化是人口规模巨大的现代化，是全体人民共同富裕的现代化，是物质文明和精神文明相协调的现代化，是人与自然和谐共生的现代化，是走和平发展道路的现代化。

促进人与自然和谐共生，建设人与自然和谐共生的现代化，是习近平总书记在党的二十大报告中赋予中国式现代化的本质要求和基本特征。新的历史征程中，"尊重自然、顺应自然、保护自然"的生态文明理念发生了巨大的时代性变化。中华民族已走向生态文明新时代。人与自然已开启和谐共生新篇章。

2022年7月11日，时任吉林省委书记景俊海到松原查干湖调研，再次重温习近平总书记视察查干湖重要讲话重要指示精神。他强调，查干湖是吉林省保护生态和发展生态旅游相得益彰的金字招牌，必须全面对标习近平总书记重要讲话重要指示精神，切实把查干湖保护好、利用好。要严格落实湖长制，深入开展查干湖水体治理，加快推进查干湖水生态修复与治理试点，促进生态环境质量显著跃升，以良好的生态环境增进人民福祉。要充分发挥优良生态优势，以查干湖为核心生态资源，扎实做好生态旅游文章，持续培育新业态新模式，真正把查干湖建成人们梦想的天堂、人人向往的地方。持续培育绿色发展动力，更好打造美丽中国吉林样板。

迟日江山丽，春风花草香。山水为凭，见证着查干湖水清岸美之变。一碧万顷、水光潋滟的查干湖，映照着习近平总书记的殷殷嘱托。

半个世纪，查干湖人用生命呵护着这一泓碧水；十年来，查干湖人在继承中改革创新，在传承中迭代升级，像保护眼睛一样保护生态环境，像对待生命一样对待生态环境。扎实地走好保护生态和发展生态旅游相得益彰之路，使绿水青山产生出巨大的生态效益、经济效益、社会效益，使母亲湖永葆生机和活力。

新时代查干湖人将牢记习近平总书记的殷殷嘱托，坚定不移走生态优先、绿色发展之路，坚持把绿色低碳发展作为重要引领，坚持把源头治理、系统治理、综合治理作为基本方法，坚持把生态价值转化作为动力引擎，坚持把加强环境治理体系建设作为基础支撑，高标准共同加强生态环境保护治理，高起点协同推进"双碳"战略实施，全力打造经济社会发展全面绿色转型，努力建设人与自然和谐共生的现代化。

时间，是最忠实的书写者，是最清醒的见证者。

美丽查干湖，半世纪砥砺，十年飞跃，百年初心，千秋功业。